貴族家三男の成り上がりライフ

生まれてすぐに人外認定された少年は異世界を満喫する

美原風香
Fuka Mihara

Illustration
はま
Hama

主な登場人物
リリー
アルの母親で、
おっとりとした美女。
エルバルト
アルの父親。
豪快な性格の
侯爵家当主。
リエル
アルの義姉。
活発で可愛らしいが、
ブラコンなのが玉に瑕《きず》。
アルライン
本作の主人公。
女神の加護を受け、チート持ちの
貴族家三男に転生した。
愛称はアル。

ダーク
アルに迫る謎の男。複雑な過去があるようで……？
ランスロット
王国一の部隊、宮廷魔術騎士団の団長。
シルティスク
アルがギルドで出会った高貴な雰囲気漂う美少女。

第一話　転生

「危ない！！！！！」

俺はそう叫んで道路に飛び出した。俺の視線の先には、イヤホンをつけてスマホをいじりながら横断歩道を渡っている少女がいる。そして視界の端には居眠り運転だろうか、赤信号を無視した大型トラックが突っ込んできているのが見えた。

俺がドンッと少女の背中を押した瞬間、身体に激しい衝撃を感じて目の前が真っ暗になった。

――あぁ、俺、死ぬのかな。

そう思ったのを最後に意識が途切れた。

†

「……ませいやくん……やませいやくん……御山聖夜《みやませいや》くん！」

誰かの声が聞こえる。優しい声だ。俺、助かったのかな。

「いいえ、残念ながらあなたは助からなかったわ」

やっぱり助からなかったのか。てか、この声誰？　なんか心を読まれてるんだけど。

「私は……そうですね、あなた方人間が言うところの神かしら。神ですからあなたの心の声を聞くことができるの」

ええええええっ？　死んだら神様に出会うってラノベのテンプレかよ！

「ちょっと何を言っているのかわからないけれど、そろそろ起きてくれないかしら？　説明するから」

言われた通り目を開けると、美しい女性が俺の顔を覗《のぞ》き込んでいた。って、うわ!?

あまりの美しさに驚いて勢いよく起き上がると、女性の額《ひたい》に頭がぶつかった。

「なっ!?」

「っ!?　っんん～！」

痛すぎて悶絶《もんぜつ》する。が、ハッと気付く。あれ、さっきの声は自分のことを神様って言っていた……よな？　ま、まさか……！　涙目で額をさすっている目の前の女性をじっと見つめる。この世のものとは思えないほど透《す》き通った肌。整った顔立ち。町中で着ている人はいないであろう豪華な服。どれもが俺のイメージする神様の見た目にぴったり当てはまっていた。

なら取るべき行動は？　あれしかない！

「も、申し訳ございません！」

そう、土下座だ！　女性は頬《ほお》を膨《ふく》らませてこちらを睨《にら》む。

「きゅ、急に起き上がるからびっくりしたじゃない」

「ほんっとうに申し訳ございません！」

俺は神様になんてことを……！

「もういいわ。そろそろ頭を上げて」

女性に促された俺は、もう一度謝ってから顔を上げる。

周りを見回すと、自分が真っ白な空間にいることに気付く。その空間の真ん中に俺と彼女は座っていた。彼女はこほん、と一つ咳払《せきばら》いをすると話し始めた。

「とりあえず自己紹介しましょうか。私はあなたがいた世界とは別の世界の創造神《そうぞうしん》、セラフィよ」

「俺……私は、御山聖夜……です」

創造神……？　世界を創った神ということだよな。そんな存在がいることに驚く。

だがそれ以上に今は、敬語に不慣れなのが丸出しで恥ずかしかった。が、彼女――セラフィ様はクスッと笑うと言った。

「普通に話して大丈夫よ。様もいらないわ」

「でも……」

「いいのよ。それよりも大事な話をしなければならないから」

「わ、わかりま……わかった」

大事な話か……そうだよな。用もなく別世界の神様と話すことなんてあるはずない。

「ええ。あなたも気になっているようだし、そろそろ本題に入るわね。まず、あなたはトラックに轢《ひ》かれて亡くなってしまったわ」

さっきも聞いたからわかっていたけど、改めて言われると応《こた》えるな……

「代わりに、あなたが助けようとした少女は助かった」

あの子は助かったのか。良かった。死にたくはなかったけど。

「少女は地球の神々が特別目をかけていた人間で、将来的に地球を救う予定らしいの。だから、地球の神々はあなたにとても感謝していたわ」

「地球を救うって⁉ そんなに重要な役割を持った少女なら、あんな危険な目に遭わせないようにできなかったのか？」

「まあ、神といっても何にでも干渉できるわけじゃないのよ。それに、この事故は地球の神々にとっても想定外だったらしいわ。そのせいであなたの魂は輪廻《りんね》から外れてしまった」

「神様が想定できない事故なんてあるのか」

「神の事情も複雑なのよ。他世界の神が干渉してきたりもするから。とにかくそういうことで、あなたの魂を私の世界で受け入れることになったの」

こ、これは本当に異世界ラノベのテンプレでは……？ 俺は具体的な話を聞くために尋《たず》ねる。

「転生、ということ？」

「そうよ。地球の神々からお礼を兼ねて記憶はそのまま残すよう言われているけれど、あなたが嫌と言うのなら消すことも可能よ」

「残してほしいです！」

もし転生先が想像通りの世界ならラノベで読んだ知識が役立つはず！

「わかったわ。記憶は残したまま転生させるわね」

「お、俺が転生する世界ってどんなところなんだ？」

「あなたの想像通り魔法があるわよ。あとは地球よりも戦争が多いわね」

「俺も魔法は使える？」

「使えるわ。あなたには私の加護をあげるし、今ここにはいないけれど、他の神々も加護をくれるはず。だから他の人よりも能力が高くなるわね」

「加護までもらえんの⁉」

チートすぎない？

セラフィは頷く。

「ええ。地球の神々によろしく頼むと言われているから。それに私もあなたを気に入ったもの」

え……それはどういうことだろうか？

「ここに来る人たちが皆あなたのように素直な人ばかりではないのよ。あと……」

セラフィがこちらをじーっと見つめてくる。

「な、何？」

「……美しいって思ってもらえて嬉しかったのよね」

ぼそっと何か呟いたが、声が小さくて聞こえなかった。

「ごめん、なんて言ったの？」

「なんでもないわ。とにかくあなたは転生します！　何か質問はあるかしら？」

「大丈夫です！」

正直死んじゃったのはショックだけど、今は早く魔法を使ってみたい！

「それじゃあ、これで説明は終わりよ。また会いましょう……」

また会いましょうってどういうことだろう？　まあまた会えるなら、俺は嬉しいけど。

セラフィが俺の頭に手をかざすと、強い光があたりを包む。

その瞬間、俺の意識は途切れた。


涼しい風を感じて目を開けると、ドレスを着た金髪碧眼《きんぱつへきがん》の美女と、茶髪に茶色の瞳を持つメイド服の少女が視界に入った。

「アルちゃん、起きたんでちゅか？」

アルって俺の名前か？　へ？　ま、まさか転生って……赤ちゃんから⁉

「お、おぎゃー」

喋《しゃべ》れないし、腕も上がらない。不便すぎるだろ……

「おお、元気でちゅね。お母さんでちゅよ」

どうやらこの美女が俺の母親らしい。安心した、とりあえず顔は将来有望のようだ。

「アルラインが生まれたそうだな！」

青髪に銀色の瞳を持つ父親らしきイケメンが、満面の笑みで部屋に入ってきた。俺の正式な名前はアルラインというみたいだ。

「ほらほら、お父さんでちゅよ」

「おぎゃー、おぎゃー」

あー、喋れないって辛いな……

「お、アルはお父さんのことが大好きか。そうだよな」

「何言ってるのあなた。アルちゃんは私のことが好きなのよ」

父さんと母さんがなんか張り合い出した。イケメンと美女が頬を緩ませて言い合いをする様子はなんとも残念だ。それにしてもたくさん抱っこされて撫《な》でられて。俺は愛されているようだ。くすぐったいがなんだか嬉しい。

「そうだ、忘れるところだった！　適性測定をしなければ」

父さんがふと思い出したように言った。

うん？　適性測定とは？

疑問に思っていると、父さんが近くの引き出しから大きめの水晶玉を取り出した。

「アル、これに手を触れてごらん」

父さんが俺の手を取って水晶に触らせる。その瞬間、水晶が強い虹色の光を放った。

「「「は？」」」

父さん、母さん、メイドの三人が固まる。しばらくの沈黙のあと、父さんが口を開く。

「に、虹色ってことは、アルは八属性全てに適性があるってことじゃないか!?」

「あなた、しかもこんなに光が強いのは魔力量がすごく多い証拠よ！」

あ、まずい。たぶんセラフィの加護のせいだ。父さんたちの反応を見る限り異常な能力っぽい。

「こ、これは陛下に報告しなければ！　もし噂が本当なら、アルは神の転生体ということになるぞ！」

なんだその噂！　なんか、人外認定されたっぽい？

「まさか、私たちの子が……」

「これは教会には隠さないといけないな。公《おおやけ》になったらアルは自由に暮らせなくなる。マリーも口外禁止だ」

父さんがメイドの少女に告げると、彼女は頭を下げる。

「かしこまりました」

「でもアルちゃん、すごいわね！　さすが私たちの子供だわ！」

「ああ、本当にその通りだ」

両親に挟《はさ》まれて頬ずりされながら、俺はこれからどうしようと途方に暮れるのだった。

†

「おはようございます、アル様」

「おはよう、マリー」

転生してから三年が経《た》った。適性測定で神の転生体だなんて思われたせいで、家族も使用人も過保護で大変だ。しかし、彼らは皆温かい。転生した直後は前世を思い出してよく寂《さび》しくなっていたが、今ではそんなこともほとんどなくなっていた。

「……ま、さま、アル様！」

「う、うん？　なあに、マリー」

いけないいけない、呼ばれていたのに気が付かなかった。

「お部屋に着きました。考え事しながら歩いていると怪我しますよ」

「はぁい。ごめんなさい」

俺は素直に謝った。

「気をつけていただければいいのですよ。では入りますね。ご当主様にしっかり挨拶なさってください」

ダイニングに入ると、すでに他の家族は集まっていた。

「おはようございます。遅れてごめんなさい」

謝罪をまじえて挨拶すると、家族が次々に挨拶を返してくれる。俺は、入り口に一番近い席に座った。

「それでは大地に感謝していただこう」

一番奥に座っている青髪のイケメンが告げると、食事が始まる。俺の父、エルバルト・フィル・マーク・ヴェルトだ。侯爵《こうしゃく》で、ここ、ヴェルト領の領主。この国の王族と貴族は皆、名前にフィルというミドルネームが入り、領主は領地の名前まで入るから名前が長くなるんだよな。

朝食は焼きたてのパン、新鮮な野菜サラダ、スープ。どれも薄味だけど、素材の味を感じることができてとても美味《おい》しい。

「アルちゃんは今日も可愛いわねー」

ニコニコしながら言ったのは、父上の手前に座っている金髪碧眼の美女、母のリリー・フィル・マークだ。母上は父上の第二夫人で、元伯爵令嬢《はくしゃくれいじょう》らしい。

「アルくん、スープをこぼしているよ」

俺の向かい側に座っていた義姉《あね》のリエルが教えてくれた。母上の妹夫妻の子供なのだが、妹夫妻は義姉上《あねうえ》が小さい時に事故で亡くなってしまい、我が家が引き取ったらしい。金髪に緑色の瞳を持つ五歳の女の子だ。きっと母上と母上の妹がそっくりだったのだろう、母上にとてもよく似ていた。

「あ、ごめんなさい」

「もう、アルくん可愛い！」

今にも立ち上がって抱きついてきそう……あ、あの、小動物を狙うみたいに目を細めないで。怖いから！　この二つ上の義姉、ブラコン気質があるから困る。

「こらこら、リエル、落ち着きなさい」

「はい、お義父様《とうさま》」

父上がストップをかけると、義姉上ははっとした様子で席に座り直す。父上ナイス！

「アルとリエルは本当に仲がいいな」

俺の隣に座っている兄、ライトが微笑《ほほえ》んで言った。俺と四つしか違わないはずだが、兄上はまだ七歳とは思えないほどしっかりしている。父上と同じ青髪に銀色の瞳を持ち母上によく似た可愛い顔立ちをしているため、うちのメイド達や時々家に来る父上のお客さんの娘がぞっこんだ。いや、まあ兄上は迷惑がっているが。

また王都の別邸には父上の第一夫人と、その息子で俺のもう一人の兄にあたる人が暮らしているらしい。

「はい、冷ましておいたよ」

「兄上、ありがとう」

義姉上に抱きつかれそうになっている間にスープを冷ましてくれていたらしい。ほどよい温かさに自然と笑みが浮かぶ。

「本当にアルは可愛いな～」

「ライトまで……」

デレッとした兄上の表情に父上がガクッと肩を落とす。しかし、そんな父上を気にせずに、兄上は俺の頭をわしゃわしゃと撫でた。

「アルは今日何をするんだい？」

「本を読みたいです！」

「あれ、文字ってもう読めるんだっけ？」

「……読めないです」

兄上の言葉にしゅんとする。転生特典なのか言葉は理解できるし話せるのだが、書いたり読んだりすることができないのだ。以前、一度本を読もうとして見慣れぬ文字に諦《あきら》めたのだった。

俺の様子に気付いて、父上が考える素振《そぶ》りを見せる。

「そういえば、アルは今日で三歳になったんだったな」

「はい、父上」

この世界には毎年誕生日を祝う習慣はない。この世界で誕生日を祝うのは、五歳、十歳、十五歳になった時だけだ。

「そうか、それなら今日からリエルと一緒にマリーに勉強を教えてもらうといい。本当なら五歳になってからでいいのだが、お前は成長が早いし、文字を読めるようにならないと魔法の勉強もできないからな」

「わかりました！　頑張って勉強します！　……あっ」

思わず大きな声が出て、咄嗟《とっさ》に口を押さえる。周りを見ると、皆温かい目で俺を見ていて恥ずかしくなってしまった。だが、俺よりもはしゃいでいる人がいた。誰であろう、義姉上である。

「やったー！　アルくんと勉強できるなんて嬉しいわ！　一緒に頑張ろうね！」

ちゃ、ちゃんと勉強できるかな……義姉上がブラコンを発揮しすぎて、平和に勉強できる未来が見えない。母上が優しい表情で言う。

「二人共偉いわね。きっとすぐ文字を読めるようになるわ」

「頑張りますわ、お義母《かあ》様」

すると兄上が心配そうにこちらを見てくる。

「アルは無理しちゃダメだよ？　三歳なんだから疲れたら休んでね？」

「はい、兄上」

いつもこんな感じで、朝食後にはクタクタになる。愛されすぎるのも問題だと思う。


食事が終わると早速勉強をした。

「アルくん、見て見て！」

「リエル様、座ってください」

「へぇ、すごい！　できたんだ？」

「リエル様、戻りましょうね」

「アルくんったらもう覚えちゃったの？」

「リエル様も頑張らないと抜かされちゃいますよ？」

と、まあ義姉上のはしゃぎっぷりがすごい。そのたびにマリーが若干うんざりしたような表情でたしなめるのも、普段見ない姿で新鮮だった。

ちなみにその後三日で文字を全て覚えて、とりあえずやってみようとなった計算は、前世の小学生レベルだったから難なくこなして驚かれた。

義姉上はそんな俺を見て……

「アルくんはやっぱりすごいね！　私も頑張らなきゃ！」

うん、義姉上の方がすごいと思うな。前世の自分が義姉上の立場だったら、きっと嫉妬《しっと》して勉強しなくなっている気がする。五歳なんて手に負えないがきんちょってイメージなのに、大人だよなぁと素直に尊敬した。

さて、読み書きと計算はあっという間に終わってしまったから、俺はここ、リルベルト王国の歴史を勉強することになった。リルベルト王国の建国にはある一つのお話があった。

†

古《いにしえ》の時代、精霊王《せいれいおう》がおわす土地に少女を背負った一人の男が現れた。そこは、花が咲き乱れる美しい場所であった。

彼は、精霊王にあることを願うためにこの地を訪れたのだ。その男は三日三晩、精霊王が現れるよう空に願った。

『どうか、お力をお貸しください』

その願いは聞き届けられた。祈り始めて三日目の夜。

『人の子よ。そなたはなぜ我を呼ぶ？』

『せ、精霊王様でいらっしゃいますか？』

『いかにも』

震える声で問うた男に、現れた精霊王は厳《おごそ》かに答えた。男は精霊王の前に身を投げ出し、希《こいねが》う。

『この子……私の娘が、たった一人の娘が病に倒れたのです。医者には治らないと言われましたが、妻の忘《わす》れ形見《がたみ》であり、諦められるはずもありません。どうか、どうか！　あなた様の力で治していただけませんか？』

男は奇跡を司《つかさど》ると言われる精霊王に一人娘の治療を願った。傍《かたわ》らに横たえられている少女に意識はなく、肌は青白く、身体は痩《や》せこけ、荒い息を繰り返していた。確かに余命はもう幾《いく》ばくもないだろう。精霊王は少し考えると尋ねる。

『代わりに何を差し出す？』

男は少しの躊躇《ちゅうちょ》もなく言った。

『私自身を』

『ほお。それはそなたを好きにしても良いということか？』

精霊王は面白いものを見たかのように口角を上げた。

『はい。娘を治していただけるのでしたら、私のこの命、惜しくはありません』

『そなた、名は？』

『アーサーと申します』

『アーサー、その言葉、ゆめゆめ忘れるでないぞ』

精霊王が告げた直後、激しい風が吹いた。大量の花びらが舞い上がり、横たわる少女を包む。

風が止んだ時、少女——ティアリナは意識を取り戻した。

『んっ……ここは……』

『ティアリナ！』

精霊王の奇跡を司る力がティアリナの病を治したのだ。

アーサーはティアリナを強く抱きしめた。

『お父様……？　ここはどこですの？』

『精霊王様の住まう場所だ。精霊王様にお前の病気を治してもらったのだ』

ティアリナは精霊王に気付くと、深く頭を下げた。

『精霊王様、病を治してくださりありがとうございます』

『気にするな。礼ならそなたの父に言うとよいだろう。そなたの病を治すために自らを捧《ささ》げたのだから』

ティアリナはアーサーが犠牲になると聞いて、深く悲しんだ。

しかし、精霊王は無慈悲《むじひ》に告げる。

『アーサー、時間だ。そなたには我々の仲間になってもらう』

『わかりました』

『お待ちください！　精霊王様、私がお父様の代わりになります！』

ティアリナは自らを捧げると言い出すが、アーサーが許すはずもない。

『ティアリナ、お前が私の身代わりになったら、お前の病を治していただいた意味がないだろう？お前は自由に、愛する人を見つけて人生を過ごすのだ。私の分まで幸せになりなさい』

『そんな、お父様！』

『別れの挨拶は良いか?』

精霊王の言葉にアーサーは一つ頷くと、ティアリナに言う。

『お前はお前の人生を生きるのだ。私はここにいてお前を見守ろう』

『お父様ー!!!!』

その言葉と共にアーサーと精霊王は姿を消した。

ティアリナは何日も泣き続けた。しかし、やがてアーサーが用意していた食料も尽き始める。彼女は故郷に帰ることを決断した。

『また、会いに来ますわ』

そよ風がティアリナの頬を優しく撫でた。


その十年後、ティアリナは精霊王が住まう土地とその周辺に国を建てた。ティアリナ・フィル・リルベルト女王として。

リルベルト王国は、精霊王の加護を持つ国として誕生したのだった。

彼女がどうやって女王になったのか、それはわからない。だが、類《たぐ》い稀《まれ》なる魔法の才を有し、よく国を治めたとだけ伝えられている。

そして、アーサーのその後は誰も知らない。精霊になったのか、別の何かになったのか。

ただ、精霊王が住まうと言われ、アーサーが消えた土地だけが、今なお季節問わず花が咲き乱れている。

†

「これ、本当にあったお話？」

読み終わった俺は思わずマリーに聞いた。

突っ込みどころ満載すぎないか⁉　病を治してもらう代償が命とか重すぎるし、なんでティアリナが国を建てたのかもわからないし……そもそも、精霊王が住んでいる土地に国なんて建てていいの⁉

しかし、マリーは平然と言う。

「そう言われてます。実際に、一年を通してずっと花が咲いている場所はありますしね」

「そうなの⁉」

「ええ。険しい山脈の中腹にあるので見たことがある人は少ないそうですが、ちゃんと実在しますよ」

「へぇ～。行ってみたいなぁ」

このお話はあんまり信用できないけど、花が咲き乱れる土地は見てみたい。年甲斐《としがい》もなく目を輝かせてしまった……いや、年相応か。

そうやって色々なことを学んでいるうちに、貴族の制度についても知った。貴族の階級は上から順に公爵↓侯爵＆辺境伯↓伯爵↓子爵↓男爵となるらしい。伯爵以上が上級貴族で子爵以下が下級

貴族となるため、俺のマーク侯爵家は上級貴族だ。三男だから家を継《つ》ぐことはないが、それでも相当恵まれた生まれである。

ところで、マリーって何者なんだろうか？　この世界は識字率が相当低いらしいのにここまでの知識を持っているわけだから、ただのメイドではないのだろう。しかし、聞いてもはぐらかされてしまった。

「もう少し大きくなったらお教えしますよ」

マリーがニコッと笑いながらも、有無を言わせない圧力をかけてくるのでついぞ聞き出せなかった。まあ、いつか教えてくれるだろう。

†

そんな風に、三歳になってからかなり充実した日々を過ごしていたある夜のこと。俺は奇妙な夢を見ていた。杖を持って真っ白なあごひげを生やしたお爺《じい》さんが、俺をじっと見つめてくるのだ。

『夢じゃあないぞ』

急に声が聞こえてきた。低くて渋《しぶ》い穏やかな声。さっきまで少し離れたところにいたお爺さんが、すぐ目の前にいた。

『いや、夢といえば夢なのじゃが、お主《ぬし》の意識をわしの空間に引っ張ってきただけなのじゃ。つまり一応現実なのじゃよ』

なんだかよくわからない説明をするお爺さん。俺は予想を口にする。

『えーっと、つまり神様、ですか？』

『その通り』

セラフィの時と状況がちょっと似ていたから、なんとなく想像はできた。

しかし、ここは真っ白な空間ではなく、日本の和室のような場所だった。

『お主がセラフィ様と会ったのは世界と世界の狭間《はざま》じゃよ。ここは、わしの空間。わしはお主がいた世界の畳《たたみ》というものが大好きなのじゃ！』

やはり心の声が聞こえているらしい。やっぱり神様なのか。畳好きの神様……なんというか、見た目から受ける印象通りだ。セラフィは創造神だったが、彼はなんの神様なのだろうか？

俺の心の声にお爺さ……神様はわざわざ答えてくれた。

『わしはグゥム。魔法神《まほうしん》じゃ』

魔法神……魔法を司る神様ということだよな。

『魔法神様だったのですね……その、なぜ、畳が好きなのですか？』

『匂《にお》いがいいのじゃよ！　畳独特の匂い！　フローリングにはない味わいじゃの！』

『そ、そうなのですね』

めっちゃ畳愛が強い！　前世で友人にアイドルオタクがいたが、そいつが推《お》しを語る時くらいの勢いがあった。すると、魔法神様は穏やかな笑みを消して俺を見つめた。

も、もしかして気に障《さわ》ったか!?　それなら謝らないと……

『気にすることはない。いや、面白いと思ったのじゃよ』

『面白い、ですか？』

『そうじゃよ。普通……』

そこで言葉を区切ると、魔法神様はゴクリと唾を呑《の》み込んだ。そして……

『神をアイドルオタクにたとえる人間なんぞいないからの！』

大笑いし始めた。な、なんかツボにはまったっぽい？

『フォッフォッフォ！　あー愉快じゃ！　ゲホッゲホッ』

って、むせてるし！

『だ、大丈夫ですか!?』

俺は慌てて魔法神様の背中をさする。そうしていると段々落ち着いてきたようで、咳は治まってきた。

『はぁ、ありがとう。危うく窒息死《ちっそくし》するところじゃった』

神様に死の概念ってあるのか!?　な、なかなか人間味が強いな……

『そんなわけないじゃろう。たとえ話じゃ』

……たとえ話だったのか。物騒だなっ！

『フォッフォッフォ。まあ、お主にはわしの加護を与えようぞ。久しぶりに人の子を気に入ってしもうた……』

よっしゃ！　なんかよくわかんないけど加護もらえた。魔法神ってことは魔法に関する加護だよな。魔法は楽しみだったから嬉しい。

『ほぉ、魔法が好きなのじゃな。それだったら、魔法の練習を始めると良い。ちと早いが加護を授けたし問題ないじゃろう。少し練習すれば魔法を使えるようになるじゃろうよ』

『ほんとですか⁉　教えてくださりありがとうございます！　練習してみます』

やったー！　これで俺も魔法が使えるようになる……！

魔法神様はつけ加える。

『あと、わしのことはグゥムで構わん。セラフィ様のことも呼び捨てで呼んでおるのじゃろう？　それならわしも呼び捨てで構わんよ。口調も崩して良い』

『わ、わかった。加護ありがとう、グゥム』

この世界の神様は皆フレンドリーすぎると思うが、俺としてはありがたい。

と、その時、だんだん視界がかすみ始めた。グゥムが告げる。

『そろそろ時間じゃの。魔法をしっかり練習するのじゃよ。あと、これから他の神もお主のもとを訪れるじゃろう。わしと同じように接すれば大丈夫なはずじゃから、あまり緊張しなくて良いぞ』

えっ、ちょっと待って。他の神様も来るの？　緊張しなくていいって言われても、緊張せざるをえないから！　別れ際に衝撃の事実が判明し、思わず心の中で叫んでしまう。

『フォッフォッフォ。頑張るのじゃよ。それではの』

その直後、俺の視界は暗転した。

翌朝――

「あー、寝た気がしないよ……それに他の神様も来るって……」

寝ている間にグゥムと話したことはしっかり覚えていて、あまりの出来事に俺は頭を抱えたのだった。

第二話　精霊神

グゥムと話したあの日以来、俺のもとにはたくさんの神様がやってきた。

獣神《じゅうしん》フェイル、剣神《けんしん》ソルディード、時空神《じくうしん》ミューレ……その他にも大勢。

どの神様も俺のことを気に入ってくれたようで、加護をもらった。恐れ多いが嬉しいものだ。

しかし、一つ問題があった。それは、魔法を練習する方法だった。

この世界では、五歳にならないと魔法の勉強は始めないらしい。幼い子供に魔法を教えると使い方を誤り、自分や他人を傷つける恐れがあるからだ。

だから、いくら父上や母上に頼んでも、魔法について書かれた本、『魔法書』を見せてもらえない。

どうしようかと考えていたある夜のことだった。

『あれ、ここは……』

見渡す限り草、草、草。俺はなぜか草原に一人立っていた。

『やっはろー！』

『うわぁ！』

急に目の前に現れたのは翼をはためかせて、白い衣を身につけたショートカットの女性。宙に浮いていて、その姿は幻想的だ。彼女は手を広げて言う。

『僕の住処へようこそ！』

僕《ぼく》っ娘《こ》だ！

男なら誰もが憧れるであろう僕っ娘に、俺はテンションが上がる。美しい見た目とパワフルな様子が彼女独特の魅力を醸《かも》し出していた。

彼女の見た目とこの状況で、俺はなんとなく彼女の正体に気付いた。

『さて、もう予想がついているみたいだけど、僕は神の一柱。精霊神ムママトとは僕のことさ！ムママトと呼んでくれ』

やっぱり神でした。神様なら心の中も読めるはずだ。さっき俺が僕っ娘でテンションが上がっていたのもわかっているのだろう。恥ずかしさで顔が赤くなる。

だがなんでだろう？　いつも神様相手だと緊張するんだけど、僕という一人称とフレンドリーな様子のせいか全然緊張しない。

すると僕の心の声が聞こえたのか、ムママトはやばっ、という顔をする。

『僕が姿を見せることなんてほとんどないんだからね！　崇《あが》め奉《たてまつ》れ～』

催眠をかけるように手をゆらゆらさせる。俺は思わず笑ってしまった。

『んな⁉　なんで効かないの⁉』

『えっ？』

ムママトの言葉に、俺は首を傾げた。

どうやら本当に何かをかけられていたらしい。だが、特に何も感じなかった。

ムママトが僕にグッと顔を近づけてくる。あまりの勢いに俺は思わず仰《の》け反った。

『君……あぁ、セラフィの加護のおかげか……って加護多すぎないか⁉』

急な大声にビクッとする。でも、まぁたくさん神様に会ってるしね……皆から加護をもらったからそりゃ多い。

ムママトは顔を引きつらせて言う。

『君……こんなに加護を持ってる時点で人間やめたようなものだけど大丈夫？』

『えっ⁉』

神様にそんなことを言われると思ってなかった……そもそも「はい、あげる」とお年玉的な雰囲気で加護をくれる神様が多すぎて、この世界で加護がどういうものなのかちゃんとわかっていない。

『うーん、これは僕たち神の責任かな。こんなに加護を与えられていたら、正直今の状態でも人相手に負けることはないと思うよ』

『そこまで⁉』

『うん。訓練次第で神にすら勝てるようになるだろうね』

おっふ……神様何やってくれてるんだ。

俺はあまりのことに気が抜けてヘタリ込む。その時、体に当たる草の感覚で自分が草原にいることを思い出し、ムママトに尋ねる。

『そういえば、ここはどこなの？』

『ここは僕の空間さ。他の神に会った時にもそれぞれの空間に連れていかれただろう？』

『うん』

『それが僕の場合は草原なのさ。僕たち精霊は自然を好むからね』

『そうなのか。いいところだね』

『でしょでしょ～』

褒められて嬉しそうにしてる彼女を見ると、やっぱり微笑ましい。他の神様もそうだけど、どうしてこうも皆神様らしくないんだろうか。いや、確かに皆見た目は神様っぽいんだけどさ……

俺の心を読んだムママトが言う。

『まぁ、僕たちは自由気ままに生きてるからね～。もちろん神としての仕事もあるけど、それだって僕たちの力を以《もっ》てすれば簡単にできてしまう。この世界はすでにある程度完成されていて、僕たち神が介入する必要はそこまでないのさ』

『だから、皆フレンドリーなのか』

『まぁ、それもあるし、純粋に皆君を気に入ったんだろうね。神にも物怖《ものお》じしない態度、思ったことがすぐ顔に出る純粋さは見ていて面白いのさ』

『……なんか複雑』

物怖じしないわけじゃないよ！　ただ、気さくな神様の様子を見てると緊張がすぐに吹っ飛ぶだけで！

『ははは！　君面白いね～、これは気に入られるのも納得だね』

爆笑するムママトは、やはり神っぽくない。いたずら好きの女の子って感じだ。

『あぁ、そうそう、さっきかけようとしたのは僕を恐れ敬《うやま》う気持ちになる魔法だよ』

『え、なんでそんな魔法を？』

『僕さ、なぜか他の神から「お前は神としての自覚が足りない。神の威信を貶《おとし》めるようなことはするな」って言われちゃうんだよね。だから、君が僕を恐れ敬うようにすれば神の威信を保てるかなって思ったんだけど……ダメだったね』

うん、とってもわかる気がする。確かにこの様子で人の前に姿を現したら神だと思ってもらえないだろうな。

マインドコントロールみたいな魔法をかけられそうになったことに怒りが湧きそうになるが、「てへっ」と笑うムママトを見たらその気も失《う》せた。

可愛い子には何されても気にならないって本当なんだな。

『も、もうっ、可愛いとか言わない！　恥ずかしいから！』

頬を赤くして言う彼女に、俺は笑みを浮かべる。はぁ……眼福《がんぷく》だ。

『ほ、本題に入るよ！』

ムママトがこほん、と咳払いをする。頬はまだ赤いが、真剣な表情になった。

『さて、君をここに呼んだのは、神の間で噂されてる転生者を一目見たかったっていうのと、君に加護を授けようと思ったからなんだけど……加護に関しては正直迷っている』

『すでにたくさん持ってるから？』

『そう、さすがにこれ以上加護を授けると人では持ち得ない力を持つことになっちゃうからね。それは君のためにならないんじゃないかなって』

『そう、だよね……』

彼女の言う通りだ。すぎた力は破滅をもたらす。精霊神様の加護なんてファンタジーっぽくてすごくワクワクするが、破滅エンドだけは迎えたくないしな。

そんな俺の心の声にムママトがクスクス笑う。

『しょうがないな～、選択肢をあげよう』

『選択肢？』

『そう、君がどうしても加護が欲しいみたいだからね！　……あと気に入った子には僕の印をつけとかないと。なんで会うの最後になっちゃってるんだ……』

ムママトは最後にぼそっと付け加えたが、そこだけ聞き取れなかった。

『何か言った？』

『ううん、なんでもない！』

『そっか。それで、選択肢って？』

俺が尋ねると、ムママトは人差し指を立てて答える。

『一つ目は今言ったように加護を授けない』

『うんうん』

『二つ目は、僕に力の使い方を学ぶ』

『……え？　いいの!?』

まさかの選択肢に驚く。神様直々《じきじき》に力の使い方を教えてくれるなんて嬉しいに決まってる！

俺の様子に彼女は苦笑する。

『その様子だと僕に力の使い方を学ぶで決まりのようだね。いいも何も、正直僕からしたらありがたいんだ。君が人にはすぎた力を使って世界をめちゃくちゃにしないよう教えられるからね』

『なるほど……』

『正しく力を使えるなら、君は世界をさらに発展させてくれる。僕はそう信じてるよ』

ムママトの言葉に、俺は力強く頷く。そもそも魔法を学ぶ方法に困っていたし、この提案は俺にとって得しかない。

『ってことで、今から特訓しようね！』

『い、今から!?』

学ぶとは言ったが、急なことに俺は驚いた。今日は驚きすぎてそろそろ疲れてきた……

『急なことも何も、この空間にいても君の現実での時間は経たないからね。君の前世でいう、善は急げ！　さ』

ムママトのウィンクに心臓を撃ち抜かれる。美少女のウィンクとか破壊力高すぎるっ……！

『わ、わかった。よろしくお願いします！』

『おっけー。じゃあ、魔法の使い方から説明するよ！』

急に始まった授業を、俺は正座して聞く。

ムママトの説明によると、この世界でいう魔法とは、自分の身体の中にある「魔力」と呼ばれる力を用いてなんらかの事象を引き起こすものらしい。わかりやすい例でいえば、炎を出したり、風を起こしたりといったものだ。

『身体中を駆け巡っている魔力を、指先や足といった特定の場所に溜めることができるようになると、魔法を行使できる。そうやって魔力を自在に動かすことを魔力操作っていうんだけど、これは毎日練習することでよりスムーズになる』

『んん、難しい……そもそも魔力がどれか……』

俺は目を瞑《つぶ》って集中するが、感覚を掴《つか》めず顔をしかめた。

『血液の流れをイメージするとわかりやすいかも～』

ムママトに言われた通り血液の流れをイメージすると、じんわりと温かいものが身体中を巡っていることに気付く。

『お、早いね～。そしたらそれを、そうだね、とりあえず両足に溜めてみて』

『た、たぶんできたかな』

『で、そのままジャーンプ！』

『え、え？　ジャンプ？　ってうわぁ！』

戸惑いながらジャンプをしようとすると、次の瞬間、俺の身体は空中に浮かんでいた。

『おーできたね。ほら、そのまま足に魔力を込めて下りないと怪我するよ～』

『え、ちょ、ま、待っ、あぁぁぁぁぁぁあ！』

急激に襲ってきた落下の感覚に、俺はぎゅっと目を瞑った。が、足に魔力を込めることは忘れない。ここで死にたくない！

ズドーン！

『ゲホッゲホッ』

『あー派手にやったね。まぁ最初なんてこんなもんだよね』

ムママトの言葉を聞いてあたりを見回すと、俺はしっかり着地していた。だが、足に魔力を込めすぎていたのか、地面を陥没させていた。周囲には土埃《つちぼこり》が舞い、美しい草原は見る影もない。

『ご、ごめん……』

『あぁ、大丈夫大丈夫、ほいっ』

ムママトの住処を壊してしまい冷や汗が噴き出すが、彼女はなんとも思ってない様子で両手を広げてかけ声をかけた。すると、瞬《また》く間《ま》に全てが元通りになった。

あまりの光景に絶句する俺に、ムママトが笑って言う。

『ここはどんなに壊そうともすぐに元に戻せるから気にしなくていいよ～』

『あ、あぁ、わかった』

神様ってほんとにデタラメな力を持ってるんだな……それを改めて認識した。

『さっきは魔力を込めすぎていたから次は……』

ムママトは気にせず言葉を継いだ。


その後も俺への魔法の授業は長い間続いた。

最初に教わった魔力操作。俺が草原を破壊した時に使っていた魔法——身体強化魔法。八つの属性魔法——水、火、風、土、雷、氷、光、闇——のそれぞれ初級、中級、上級、最上級。セラフィの加護を授かったために使えるらしい創造魔法。生物、無生物問わず時間を止めて保存できるアイテムボックス。様々な種類の武器の使い方。その他加護によってできることは一通り教わった。

どれもすぐに習得できたが、いかんせん学ぶことが多く、全てを学び終える頃には草原で過ごした時間は計り知れないほど長くなっていた。

『さて、これで君に大体の加護の使い方は教えた。だから、最終試験だ』

『試験？』

俺が聞き返すと、ムママトは頷く。

『ああ。僕と戦って勝つことができたら、僕の加護を授けよう』

『ムママトに勝つなんて……できないよ』

授業を受けている間、彼女の能力の高さに何度も驚かされた。自分が授けたわけでもない加護によって使える力を熟知していて、武器もたいていのものは扱える。一体なぜそんなことができるのか聞くと「精霊神だからね！　精霊は奇跡を司る。その神ともなればこれくらい当たり前さ！」と返された。

釈然《しゃくぜん》としないが、まぁ本人が言うからそうなんだろう。そんなムママトと戦って勝つなんてできるとは思えなかった。

そんな心の内を読み取ったのか、ムママトが笑って言う。

『まぁまぁ、そもそもいくら大量に加護を授けられていると言っても三歳の人の子が神に勝てるわけがないよ。当たり前だけどハンデがある』

『ハンデ？』

『僕は、魔法も何も使わないよ。ただこうやって飛んで君の攻撃をかわす。君は持てる力全て使って、僕の首筋に剣を突きつけることができれば勝ちだ』

かなりのハンデだ。正直それでも勝てる気がしないが、俺は腹を括《くく》って頷く。

『わかった』

『お、やる気が出たようだね』

『加護欲しいからね』

『ふふっ、じゃあ、始め！』

『え、は、早いって！』

急な開始の合図に混乱しながらも、俺はムママトの後を追って宙に浮かび上がる。風属性魔法と〈身体強化《ブースト》〉の応用である。

『食らえ！』

『そんな魔法じゃ当たらないよっ』

水属性の初級魔法の〈水球《ウォーターボール》〉を難なく避けられる。

身軽なムママトの動きを一瞬止めることすらできなかった。だが、ここで挫《くじ》けるわけにはいかないっ……！

俺は大量の〈水球《ウォーターボール》〉を発生させて一気に投げつけた。それらはムママトに四方八方から襲いかかり、動きを鈍くさせる。

『〈雷撃《サンダーショック》〉！』

さらに上から雷を降らせるが――

『ハハッ、いいね！　そうこなくっちゃ！』

ムママトは笑みを浮かべて器用に避ける。だが、明らかに最初より速度が落ちていた。その間に、俺は彼女のすぐ近くまで追いつく。

『これでどう、だっ！』

闇属性の初級魔法〈魔力刀《マジックナイフ》〉を至近距離から投げつけた。

『甘いね』

『っ⁉』

気が付けばムママトは俺の真後ろにいた。これがもし試験じゃなくて本当に敵と戦っていたら……と思うと背筋がゾワッとする。

そこから俺は、ところ構わず魔法を撃つ戦法に変える。

『おー豪快だね！　でも確かに効果的……！』

魔法を乱発することでムママトの行動範囲を狭めていく。そして——

『はぁはぁはぁ』

『お見事』

俺はアイテムボックスから取り出した、ムママトからもらった剣を彼女の首元に突きつけていた。

『や、やった……』

『まさかほんとに僕に勝つなんてね』

ムママトが上機嫌に言った。俺は草原に倒れこみながら彼女にジト目を向ける。

『僕が勝てると思ってなかったの？』

『まぁね、これでも僕は神だからね！　だから、勝てなくても加護は授けるつもりだったよ。まぁ、勝ってくれたからよかったけど』

ムママトの飄々《ひょうひょう》とした態度にため息をつく。まぁ、俺も勉強になったからいっか……

『じゃあ、お待ちかねの加護を授けよう！』

その言葉に、俺はへとへとになった身体を無理やり起こす。

『ほいっ』

ムママトの独特なかけ声と共に、身体が熱くなる。今まで感じたことのない感覚だ。

その後すぐにムママトが告げる。

『はい、これで完了』

『あ、ありがとう』

『あとで鏡を見るといい。右の瞳の色が変わってるから』

その言葉に、俺は驚きの声を上げる。

『え⁉』

『魔眼《まがん》を授けたんだ。魔眼は魔力を流すことで自分、他人問わず能力を示すステータスや、物体の詳細が見えるようになる。〈鑑定〉という能力だね。あとは、魔力を見ることができてその属性もわかるし、その魔力を吸収することもできるよ。それに精霊を視認できる』

『す、すごい……』

『現実に戻ったら確認するといい。あと、君のために精霊を一人遣《つか》わした。向こうで会えるだろう』

怒涛《どとう》の勢いで説明されて頭が混乱する。というか、瞳の色が変わったってなんなんだ。

その心配を読み取ったムママトが答える。

『瞳の色が変わったのは魔眼になったからだ。何か身体に影響を及ぼすわけでもないし、気にしなくて大丈夫だよ』

『わかった』

『じゃあ、そろそろお別れだ』

長い時間一緒にいたことでムママトを大好きになっていた俺は、寂しい気持ちになる。だが、その感情を押し殺し笑みを浮かべて礼を言う。

『何から何までありがとう！』

『あぁ、力の使い方を間違えてはいけないよ。また会おう』

ムママトも少し寂しげな笑みを浮かべていたが、お互いそれには触れない。

彼女の言葉と共に、俺の意識は沈んでいった。


目が覚めると、そこは見慣れた自分の部屋だった。窓の外を見ると、まだ夜中みたいだ。

俺は真っ先に鏡を確認した。鏡に映った瞳は、右側だけ透明に見えるようになっていた。いや、透明に見えるほど色の薄い水色と言った方が正しいだろうか。

「な、なんかすごいな」

俺は思わず声を漏らした。

それから、自分のステータスを確認する。

ステータス

【名　前】アルライン・フィル・マーク
【種　族】人族《ひとぞく》
【年　齢】3歳
【称　号】転生者《てんせいしゃ》　神子《みこ》
【Ｌ　ｖ】20

【魔力量】10万
【適　性】全属性
【スキル】魔眼　アイテムボックス
【加　護】全ての神々の加護

ムママトによると、普通の人はステータスを見ることができないらしいから、俺が生まれた時のように水晶玉で適性属性を調べて終わりなのだろう。

スキルや加護はなんらかの方法で調べられるのかな？　じゃないと、持ってる能力がわからなくて力を使うことができないよね。

てか、神子ってなんなんだよ……いつの間にかすごい称号がつけられていた。

まぁステータスについて詳しいことはわからないし、ひとまず魔眼について調べるか。

そう考えた俺は、とりあえず目に魔力を流してみる。すると――

「うわぁ！　なんだこれ！」

途端に魔眼が発動し、部屋の中に絵本で見るような妖精《ようせい》らしきものがたくさん出現した。

「これが精霊、か……？」

彼らは部屋の至るところにいるようだ。でも、敵意は感じられず、温かく見守ってくれている雰囲気がある。

「あ、あの、精霊さん？」

とりあえず呼びかけてみると、中性的な美しい顔をした精霊が元気に返事をする。

「はーい！　私は精霊神ムママト様があなたのために遣わした光の上級精霊よ！　よろしくね、アルライン様」

彼女からは金に輝くオーラが見える。他の精霊もそれぞれの属性のオーラを纏《まと》っているようだ。

「よ、よろしくね。名前を教えてくれるかな？」

「精霊は名前を持っていないの。人間から名前をもらうことで契約したことになるの」

「そうなんだ。契約したらどうなるの？」

「契約主は魔眼を使わなくても精霊の姿が見えるようになるし、精霊魔法を使えるようになるわ」

「精霊魔法？」

俺が尋ねると、精霊は考え込む。

「うーん、簡単に言うと、精霊は人間より難しい魔法を使えるのだけれど、契約した人間が直接精霊の力を使って魔法を使えるようになるの。魔力を多く消費する代わりに、人間の力だけでは不可能な規模の魔法を発動できるわね」

「すごいんだね！　精霊さん、僕と契約してくれるの？」

精霊がすごいことはわかったが、そうなると俺と契約するのは難しいのかな。

しかし、精霊は思ったよりあっさり頷く。

「もちろんよ。あなたは精霊神様の加護を持っているし、心が綺麗だから精霊が多く近寄ってくるわ。この部屋にいる精霊は皆あなたのことを好いているのよ」

「本当に!?　ありがとう。でも契約するために名前をつけないといけないんだよね。精霊さんは男の子？　女の子？」

「精霊に性別はないわよ」

「じゃあ……ルミエ！　僕の前世のとある国の言葉で光を意味するんだ！」

「ルミエ……いい名前ね。気に入ったわ。ありがとう！」

すると、ルミエの身体が一瞬光を放った。ルミエが微笑んで言う。

「ふふ、名前をもらうと力が強くなるのよ」

「そうなんだね。ところでさ、上級精霊って他の精霊とどう違うの？」

何か能力に差があるのかな？

「人間の世界にいる精霊の中で一番能力が高いのよ。私より上だと精霊神様か、ほとんど姿を現さない精霊王しかいないわ」

さらっと言ったが、それってかなりレアなんじゃ……ルミエはなおも続ける。

「基本的にはエルフが下級精霊を見ることができるけど、中級精霊以上を見ることができる者は今までいなかったわ。一応精霊から加護をもらう時に行う儀式では人間の前に姿を現すけれど、儀式以外で私達を見たことがある人はいないわね」

レアどころじゃなかった！　ラノベも真っ青のチート能力だった！　ムママト……教えてほしかったよ……

「これからよろしくね、アルライン様」

笑顔が可愛い……いかんいかん。相手は精霊。俺は何を考えているんだか。

「アルでいいよ。僕もルミエって呼ぶし」

「じゃあ、アル様」

「呼び捨て」

「で、でも……」

「アル」

「……じゃあ、ア、アル」

「うん！　こちらこそよろしくね！」

満面の笑みで言いながらも、心の中ではムママトに文句を垂れていた。加護持ちすぎ、とか言っておきながら、彼女の加護が一番やばそうなんですが。そんなことを考えていると、俺の周りに精霊が集まってきた。

「アルラインしゃま、アルラインしゃま、あそぼ」

「おそとにいこうよー」

「ええっと、君達は……？」

ルミエと同じ光属性の精霊のようだが、彼女と違ってとても幼い。そもそも、なぜ契約してるわけでもないのにまるで俺が主《あるじ》のような雰囲気なんだ？

俺の疑問を見透かしたのか、ルミエが言う。

「彼らは下級精霊よ。アルは精霊神様の加護を持っているから、どの精霊にとっても主のようなものなの。上級精霊と契約した場合、同じ属性の精霊とは契約できなくなるから、この子達とアルが契約することはないわね」

「そ、そうなんだ」

まとわりついてくる精霊たちは可愛らしい。なんだかほっこりしてしまった。

「アル様、おはようございます。朝食の時間です」

扉の外からマリーの声が聞こえてきた。いつの間にか夜が明けていたようだ。

「わかった。すぐ行く」

「アルラインしゃま、いっちゃうのー？」

「あそぼうよー？」

「ごめんね、朝食に行かないといけないから。また今度遊ぼう」

下級精霊たちは残念そうだが、渋々といったように頷いた。

ルミエが忠告してくる。

「アル、魔眼は発動したままにしない方がいいわ。精霊の言葉も聞こえてしまうし、まだコントロールできないでしょうから」

「そうだね。忘れてたよ」

危ない、危ない。危うく魔眼に魔力を流したまま行くところだった。

魔眼に流していた魔力を止めると、今まで部屋の中にいた精霊たちが見えなくなった。

「ルミエは他の人には見えないの？」

「ええ、もちろん。見えるのは契約したあなただけよ。私は普段は適当に過ごしているから、何かあったら呼んでちょうだい。どこにいても念話《ねんわ》で話せるしね」

「念話って何？」

「頭の中で会話する能力のことよ。たいていの精霊には通じるけど、遠くにいても話せるのは契約した精霊だけね」

「そうなんだ。契約の効果ってすごいんだね。わかった、何かあったら呼ぶね。ルミエもいつでも声をかけてね」

「ええ。じゃあね」

そう言うと、ルミエはパッと消えてしまった。

部屋から出て朝食に向かおうとすると、扉の前で待っていたマリーが何か言いたそうにしていた。

「どうかした？」

「い、いえ、なんでもありません」

なんだかマリーの様子がおかしかったが、特に気に留めず歩き出した。

ダイニングに着くと、家族に挨拶をして席に着く。その時、皆が俺の方をじっと見つめて固まっていることに気が付いた。

「ど、どうかしましたか？」

思わず尋ねると、父上が恐る恐る聞いてくる。

「お前……その瞳はどうしたんだ？」

「あっ……」

そういえば、瞳の色のことを忘れてた……ど、どうしよう。俺は何も考えていなかったので慌ててしまう。

「朝起きたら色が変わってて……」

じーっと見つめてくる父上にしどろもどろになりながら答えると、今度は母上が心配そうに尋ねてくる。

「体調は大丈夫なの？　他に変わったことは？」

「だ、大丈夫です。特に何もないです、母上」

「すごーい、なんか綺麗！」

義姉上は俺の嘘に気付いた様子もなく興奮していた。

兄上が尋ねてくる。

「アル、その瞳はスキルか何かなのかい？」

お、ちょうどよかった。せっかくだしスキルについて聞いておこう。

「スキルって……？」

「魔法とは違う……能力みたいなものかな。スキルは習得すると自然と使い方がわかるらしいけど、スキルを身につけている人自体なかなかいなくて、よくわかってないんだ。確かなのは、スキルは

「一人一つしか習得できないことくらいかな」

うん、俺二つ持ってる。ムママトが言ってた通り、人という枠組みからどんどん外れていってるよね。

「そ、そうなんですね。この瞳もたぶんスキルだと思います」

「ほう、どんなスキルなんだ？」

父上が興味津々といった感じで聞いてきた。

「これは魔眼というそうなのですが、この魔眼に魔力を流すことで物体の詳細や魔力の流れ、その属性を見ることができます。加えてその魔力を吸収したり、精霊を視認することができるとか」

俺の言葉で部屋の空気が固まった。魔力を吸収できるということは、俺に魔法攻撃が一切効かないと言っているのと同じ。しかも、魔力を吸い取ることで相手の意識を奪うこともできるだろう。

やっぱり怖がられてしまうだろうか……

俺の不安な表情を見て取ってか、父上が少し表情を和《やわ》らげ口を開く。

「いいか、アル。精霊を見ることはエルフもできるから問題ないが、その魔眼はどうしてもという時以外は使うな。そんな能力を持っていると知られれば王国に危険視されてしまうかもしれない」

「はい。瞳も前髪で隠そうと思います」

「それがいいな」

頷いた父上に、俺は付け加える。

「それと、僕もう一つスキルを持っているのです」

「……本当か」

「はい。アイテムボックスというのですが……」

「はぁ……生まれた時にも思ったが、お前は本当に規格外だな」

「……すみません」

呆れたような父上の様子に、俺は謝るしかない。困らせている自覚はあった。周りを見ると、他の家族もやはり驚いた表情を浮かべていた。

父上がそこにいた全員に釘《くぎ》を刺す。

「アルラインの能力については他言無用だ。皆、頼んだぞ」

家族や使用人たちが頷いてくれたのを見て、俺は涙が出そうになる。本当にいい家族に恵まれた。

これまで波乱万丈な日々を送っているが、楽しい異世界ライフを送れそうである。


ちなみに後日、ムママトに教わった剣の使い方を忘れないよう、こっそり練習していたのを父上に見られて、父上、兄上と一緒に訓練するようになった。俺の真似をして義姉上まで剣を始めて、その後は四人で剣術の訓練をするのが日課になる。

そんな中で驚くべきことを知った。父上は王国騎士団に所属していたことがあり、王都の大会で三連覇して剣聖《けんせい》と呼ばれるほどすごい人だったのだ。

俺は親バカな父上しか見てきてないから意外だ。

そんな感じで、転生してから十年の月日は、あっという間に過ぎ去っていったのであった。

第三話　王都へ

「よし！　こんな感じかな」

　俺は旅装に身を包み、鏡に映る自分の姿を確認していた。十歳になった鏡の中の少年は、右目を前髪で隠していた。

「アルライン様、準備はできましたか？　忘れ物はありませんか？」

「大丈夫だよ。全部アイテムボックスに入っているからね」

　メイドのマリーが心配して聞いてきたので、俺は首を横に振った。俺は今日、少し先に控えた王立魔法学園《おうりつまほうがくえん》の入学試験のために王都に向かうのだ。

　ちなみに、ヴェルト領は王都から少し離れた場所にある。広大な土地ゆえに、自分の領地から出るのに三日ほどかかる。また、ヴェルト領から王都に行くには他家の領地を一つ通る必要がある。

　兄上と義姉上は王立魔法学園に通うために、それぞれ十歳になる年に王都にある別邸に移っていた。別邸には父上の第一夫人とその息子が暮らしていて、俺が今回学園に入れれば、家族全員が生活拠点をそちらに移すことになっていた。

「アルライン様、馬車の準備ができました」

　父上の執事のゼスが俺の部屋まで呼びに来てくれた。

「わかった。今行くよ」

荷物をまとめて家を出る。ゼスが準備してくれた馬車に乗り込むと、すでに父上と母上がいた。

「準備はできているな。王都までは四日ほどかかる。今から緊張していたら身体が持たないぞ」

緊張でがちがちになっている俺を見て、父上が笑いながら言った。

母上は優しい表情を浮かべている。

「大丈夫よ、アルちゃんは天才だからね。それに王都に着いてから入試までは時間があるわ。それまでに冒険者ギルドに登録するのでしょう？」

「はい、母上。そのつもりです」

そう、この世界では十歳になるとギルドに登録できるのだ。この世界には冒険者ギルドをはじめ、商業ギルドなど、様々なギルドが存在する。俺が登録する冒険者ギルドは、魔物の討伐や薬草の採取など、様々な依頼を受注、発注する場所だ。

冒険者は依頼の達成数に応じてF、E、D、C、B、A、Sランクに格付けされ、高ランクになればなるほど依頼の達成料も高くなる。

パーティを作って行動している冒険者も多く、パーティにもソロと同じランクがつけられている。

また、魔物の買取りも行っている場所だ。

楽しみな様子を隠しきれない俺に、父上は忠告してくる。

「アルは強いから大丈夫だとは思うが、無茶して死ぬんじゃないぞ」

「はい、わかっています」

俺は移り変わっていく景色を馬車の中から眺《なが》めながら、初めての王都に思いを馳《は》せた。

†

「お！　アル、王都だぞ！」

ヴェルト領を出発してから四日。ついに王都が見えてきた。

俺は初めて長時間馬車に乗ったことと、前世と違って道があまりよくなかったために、途中何度も酔《よ》ってしまった。そのせいで、気分を良くする魔法を創造魔法で創ってしまったほどだ。

馬車から見える王都は真っ白な城壁に囲まれていて、今まで見た町の中で一番大きかった。

また、奥には立派なお城が見え、俺は思わず感嘆《かんたん》の声を上げる。

「おっきいですね！　こんな町、初めて見ました！」

「ここ、リルベルト王国は近隣諸国の中でも一、二を争う大国だからな。ここまで綺麗で大きな町はなかなかないんだよ」

父上は自分が仕えている国というだけあって、誇らしそうだ。

「屋敷に着いたら、夕食までは好きにしていていいぞ。夕食の時に別邸の家族を紹介しよう」

「わかりました、父上。夕食までの間にギルドへ登録しに行ってきます！」

その後、屋敷に到着し荷物を置いた俺は、早速ギルドに向かった。

「ここがギルドか！　おっきいなー」

大きな盾が描かれた看板を掲げるその建物は、四階建てでとても頑丈《がんじょう》そうだ。父上曰く、この国で王城の次に大きい建物らしい。かなり重い扉を押して入ると予想に反して閑散《かんさん》としていた。もう昼も過ぎているから、ちょうど人がいない時間なのかもしれない。受付に行くと、受付嬢が笑顔で応対してくれる。

「ようこそ、冒険者ギルドへ。登録ですか？」

「はい！　十歳になったので登録しに来ました！」

「ギルドに登録するためには試験を受ける必要がありますが、大丈夫ですか？」

「……へ？　し、試験があるんですか？」

受付の女性は頷いて説明してくれる。

「はい。冒険者はある程度の実力がないと危ない仕事です。実力がない人にギルドの仕事を任せて死んでしまっては困るので、試験を行っているんですよ。また、この試験の結果次第で最初のランクが変わってくるんです」

「一番高くて何ランクになれますか？」

俺の質問に受付嬢は困ったような微笑を浮かべて答える。

「一応Cランクになれますが、ほとんどいませんね。Cランクから始まった人は、他の国で経験があったとか、相応の理由があると聞いています。大抵は、皆さん一番下のFランクから始めていますよ」

なるほどね……俺は受付嬢の言葉に頷いてさらに尋ねる。

「試験の内容はどんなものですか？」

「魔力測定と試験官との模擬戦、そして魔法による的当《まとあ》てです」

ふむ、それなら大丈夫そうだ。Fランクの依頼では大したこともできないだろうから、できればCランクから始めたい。

「わかりました。試験を受けます！」

「では、手続きいたします。でも、無茶はしないでくださいね。あなたの年齢では試験に受かるだけで十分すごいですから」

受付嬢はそう言って何かの紙を渡してきた。

「こちらを記入してください。代筆は必要ですか？」

「大丈夫です」

俺はその紙にいくつか必要事項を記入したあと、受付嬢に返す。貴族と思われても厄介《やっかい》だったから、名前のところはアルラインとだけ書いておいた。

「アルラインくんですね。私は当ギルドのチーフを務めています、ミリリアです。よろしくお願いします」

「よろしくお願いします！」

「試験は今からでも受けられますが、どうしますか？　コンディションなどもあると思いますが……」

「いえ、今からでお願いします！」

コンディションに左右されるほど、俺のステータスは低くないからね。

「承知しました。では、こちらの水晶玉に触れてください。まずあなたの魔力を測定します」

ミリリアさんが出してきた水晶玉は、俺が生まれたばかりの時に家で見た水晶玉よりも一回り大きかった。そこに手を載《の》せた瞬間——

パリンッ！

「「「はぁ!?」」」

水晶玉は目を開けていられないほどの光を発したあと砕け散り、ギルド中から驚きの声が上がった。俺は冷や汗をかく。

「あ、あの、すみません。これって弁償ですか……？」

不安に思い尋ねると、ミリリアさんは呆然とした表情を浮かべながらも首を横に振る。

「い、いえ、えーっと、水晶玉が劣化していたのかもしれません。新しいものを持ってきますので少々お待ちください！」

「は、はい」

ミリリアさんは小走りで奥に行き、同じ水晶玉を持って戻ってきた。

「もう一度触れてください」

言われた通り、先ほどと同じように水晶玉に触れた。

パリンッ！

「「――！！！！！！」」

周りの人々が唖然としていた。俺は思わずミリリアさんに聞く。

「え、えーっと、これって記録はどうなりますか？」

もしかして、魔力ゼロとか言わないよね？

ミリリアさんはようやく我に返ったようで、答えてくれる。

「だ、大丈夫です！　この水晶玉では測定できないほど魔力が多いというだけですから。昔、英雄と呼ばれた人も同じことになったらしいです」

彼女の言葉に、周囲のざわめきがいっそう大きくなる。

「お、おい、英雄と同じだってよ」「あんな子供がか？」「普通にやべえだろ」「なんなんだあいつ、化け物か？」「やばいルーキーが来ちまったな」……周りの声に顔を引きつらせる。化け物なんて言わないでよ。ミリリアさんはこほんと咳払いをして言う。

「えーっと、とりあえず、試験を続けましょう。魔力に関してはひとまず多いとわかったので問題ないです」

「わ、わかりました」

その後、俺はミリリアさんに連れられ訓練場の方へ移動した。

訓練場では四十歳くらいのガッチリした男が待っていた。この人が試験官かな。

「お、今日の受験者かい？」

「はい、マリクさん、お願いします。アルラインくん、頑張ってね」

ミリリアさんがマリクと呼んだ男は、俺の方を見て尋ねてくる。

「坊主《ぼうず》、名前は？」

「アルラインです。十歳になったので登録しに来ました。よろしくお願いします！」

「よろしくな。俺はマリクだ。これでも元Aランク冒険者。今はサブギルドマスターをしている。たとえ十歳だろうが手加減はしないから、本気でかかってこい」

マリクさんはニヤッと笑って木剣《ぼっけん》を投げて渡してきた。うわぁ、戦闘狂っぽい。内心げんなりしながら、俺は頭を下げた。

「よろしくお願いします。ちなみに〈身体強化《ブースト》〉は使ってもいいんですか？」

「もちろん問題ない。だが、身体能力を上げる系統以外の魔法はダメだ。使った時点で不合格になる」

「わかりました」

「よし、じゃあ先手は譲ってやる。かかってこい！」

木剣の構え方から見て明らかに強いのがわかる。とりあえず小手調べとして二割程度の〈身体強化《ブースト》〉を自分にかけ、マリクさんの間合いに踏み込んだ。

「うおっ、速！」

さすがに驚いたようだが、そこは元Aランク冒険者。俺の木剣をしっかりと受け止めた。俺はバックステップで即座に距離を取る。マリクさんは満面の笑みだ。

「お前、本当に十歳かよ。でも、これなら楽しめそうだな。今度はこちらから行くぞ！」

マリクさんが飛び込んでくる。相当速いが、俺の創造神の加護の中には、獣神や剣神の加護といった動体視力や瞬発力が上がる加護が入っているため、俺には通用しない。

そのまま、高速の打ち合いが始まった。視界の隅《すみ》でミリリアさんが呆然としているのが見えた。

しかし、このままではキリがない。俺はさらに〈身体強化《ブースト》〉をかけて、勢いよくマリクさんの剣を弾いた。弾かれた彼の剣は、訓練場の床に突き刺さる。

マリクさんは両手を上げて、降参の意思を示していた。

「俺の負けだ。お前、強すぎるだろ。本当に十歳か？」

「正真正銘の十歳ですよ」

「そうか……まさかこんな年下に負けることがあるなんてな。まあ、久々に楽しかったが」

マリクさんは悔しそうにしながらも笑顔だった。

「さて、じゃあ次は魔法だな。ちなみに水晶玉はどうだったんだ？　今の模擬戦で使っていた〈身体強化《ブースト》〉の魔法を見る限り魔力も半端なさそうだが……」

すると俺が口を開くよりも先に、走り寄ってきたミリリアさんがまくしたてる。

「マリクさん、聞いてくださいよ。アルラインくん、水晶玉が割れて測定できなかったんですよ！　英雄の再来かもしれません！」

ミリリアさんの言葉を聞き、マリクさんは信じられないという表情を浮かべた。

「それはすごすぎるだろ……お前、本当に何者なんだよ」

驚愕《きょうがく》しているマリクさん。申し訳ないと思いつつも、俺はとぼける。

「ただの十歳の子供ですが」

「元とはいえAランクに勝てる人を〝ただの十歳の子供〟とは言いません！」

あ、ミリリアさんに怒られちゃった。

「まあまあ、ミリリア、落ち着けって」

「あ、すみません、マリクさん。ちょっと熱くなってしまいましたね」

マリクさんに宥《なだ》められて落ち着いたようだ。

「よし、坊主、最後の試験だ。今度はあの的に向かって魔法を撃て。ミスリルでできているから、ちょっとやそっとじゃ壊れない。本気で撃って構わん」

「わかりました！」

かなり遠いところにある的だが、問題はない。ミスリルとは魔力がこもった超希少な金属を指し、高威力の魔法でも破壊することができないと言われているから、俺の魔法でも壊れないだろう。とりあえず雷属性の中級魔法でやってみることにした。

「〈雷槍《サンダースピア》〉！」

ズドーン！！！

壊れないはずの的が粉々になった。

手加減せずに中級魔法を放つと、ミスリルすらも破壊できてしまうことがわかったよね。うん、ちゃんと次からは手加減しよう。

「えーっと、坊主？　今なんの魔法を使ったんだ？」

「〈雷槍《サンダースピア》〉です」

正直に答えるしかない。が、案の定、マリクさんは目を大きく見開いて、いやいやいや、と首を横に振る。

「中級魔法でミスリルが壊れるのはおかしいだろ！　今のは絶対上級以上の威力があったぞ！」

異常なものを見るような表情を浮かべるマリクさん。そして、今起きた現象を理解することを諦めたのか、ため息をついた。

「とりあえず試験は終わりだ。ランクはちょっとギルドマスターと相談しなければならない。受付のそばで待っていてくれ。ミリリアもちょっと来てくれ」

「わかりました」

そう言って二人は訓練場をあとにした。少し申し訳なく思いながら、俺も受付に戻る。

受付はさっきよりも人が増え、依頼達成の報告や素材の買い取りで騒がしくなっていた。

そんなギルド特有の雰囲気を感じていると、不意にわめき声が聞こえてくる。

人波を掻《か》き分け声が聞こえた方へ向かうと、俺と同い年くらいで綺麗な顔立ちをした少女が柄《がら》の悪い男三人に絡まれていた。

「おいおい、何ぶつかってんだよ。お前のせいでこの高級な鎧《よろい》が汚れちまったじゃねえか。どうしてくれるんだ？」

「お前、兄貴の鎧になんてことを」

「新入りのくせして生意気だぞ」

ボスらしい大男が少女につっかかり、取り巻きの二人の男も続いた。

「ぶつかってきたのはあなたの方ではないですか！　言いがかりはやめてください！」

少女は気丈に言い返しているが、握りしめた手が少し震えていた。野次馬は誰も止めに入らない。

「ああん？　このCランクのクラック様に逆らうのかよ。お前、確か登録したばっかりのEランクだろ？　金払うんなら、見逃してやる。払えねえんだったら身体で払ってくれてもいいが……」

クラックと名乗ったボスっぽい大男は、気持ち悪い笑みを浮かべて少女の肩に手を載せた。しかし、少女はその手を勢いよく振り払って突き飛ばし、キッとクラックを睨《にら》みつける。

「やめてください！　触らないで！」

「痛《いて》ぇぞ！　もう怒った。ガキが調子乗ってんじゃねえよ。この俺様に逆らったこと、後悔させてやる！」

クラックは起き上がると、少女を睨みつけて剣を抜いた。

さすがにこれはやばい。そう思った時には、俺の身体は動いていた。

俺は少女の目の前に転移し、クラックが振り下ろした剣を親指と人差し指で挟んで受け止めた。

この転移魔法は自分が一度行った場所にのみ一瞬で移動することができる。

俺はクラックを軽く睨んだ。クラックは驚愕の表情を浮かべている。

「……なんだぁ、お前？」

「さすがにこれ以上は見て見ぬ振りできません。お引き取りください」

俺は努めて冷静に言った。

「お前に用はねえよ！　それとも、お前が金払ってくれるって言うのか？　ふんっ！　……抜けねえ！　さっさとその手を離しやがれ！」

クラックは俺の指に挟まれた剣を抜こうとしたが、ぴくりとも動かない。

「あなたが悪いのに払うわけがないじゃないですか」

「クソガキが！　おい、お前ら！　やっちまえ！」

「おう！」

「ふざけてんじゃねえぞ、クソガキ！」

クラックが後ろの二人に向かって怒鳴りつけると、二人共剣を抜いて切りかかってきた。さっきの俺の動きを見て実力の違いがわからないとはレベルが低すぎる。俺はため息をついた。

「しょうがないよね」

「うおっ！　……がはっ」

クラックの腹に蹴りを入れ、そのまま回し蹴りでもう一人もふっ飛ばす。そして最後の一人の懐《ふところ》に飛び込んで腕を掴み、背負い投げで床に叩きつけた。

「「「「……おおーっ！！！！」」」」

ギルド中から驚愕の声と歓声が湧き上がった。

「何やってんだ⁉」

突如怒鳴り声が割り込んだ。声の方を向くと、筋骨隆々《きんこつりゅうりゅう》の五十歳くらいの男性とマリクさん、ミリリアさんの三人だった。今の声はマリクさんかな。

「これは君がやったのかね？」

筋骨隆々の男性が俺にのされた三人を指して尋ねてきた。面倒くさいことになってしまったと思ったが、説明しないわけにもいかない。俺は頷いて答える。

「はい。この三人がそちらの少女に絡んでいました。三人のうちの一人が少女に剣で切りかかったため、止めに入ったのです」

筋骨隆々の男性は、周囲の人々が俺の説明に頷いているのを見て信じたらしい。今度は不思議そうに聞いてくる。

「ところでお前さん名前は？　初めて見る顔だが」

「アルラインといいます。今日ギルドに登録しに来たんです」

「……なるほど。お前がマリクの言っていた新人か」

彼は驚きと納得がない交ぜになったような表情を浮かべた。

筋骨隆々の男性が言った「新人」という言葉を聞いて周囲が驚愕している。当たり前だ、Cランクの冒険者を圧倒できる新入り、しかも子供なんてそうそういないだろう。

「マリク、こいつら牢屋《ろうや》に入れといてくれ。一晩みっちり鍛え直してやる」

筋骨隆々の男性はマリクさんにそう指示すると、俺に向き直る。

「俺はウォルガン、ここのギルドマスターだ。お前のことはマリクから聞いている。とりあえず、ランクについて話があるからついてきてくれ」

「わ、わかりました」

俺はウォルガンさんについて二階に続く階段を上る。

先ほど助けた少女が何か言いたげにこちらをじっと見ていたが、声はかけられなかった。

通されたギルドマスターの部屋はかなり大きかった。大量の本が収納された本棚が並んでおり、学校の図書館を思い出させる。ふと窓の外に目をやると、先ほどの少女が王城の方に向かって走り去っていく姿が見えた。

「そっちに座ってくれ」

ウォルガンさんに声をかけられて俺ははっとする。言われた通りソファーに座ると、ウォルガンさんは俺の対面にどかっと腰を下ろして話し始める。

「さて、お前のランクについてなんだが、マリクから、Bランクでもいいんじゃないかという話が出ている。俺も驚いたが、お前、マリクに勝ったんだって？　しかも余裕で。ミスリルの的を破壊したとも聞いた。単刀直入に聞こう。お前、何者だ？」

あちゃー、やっぱりそうなるか。十歳の子供が元Aランクに剣で勝つのはありえないことだし、ミスリルを壊すなんて論外だもんな。

「ただの十歳の子供ですよ。父に剣を習っただけの、ね」

俺は満面の笑みで答えた。これ以上聞いてほしくないという雰囲気を出しながら。

「父、ね。うん？　父だと？　もしかして……お前の父親の名前を聞いてもいいか？」

しかし、ウォルガンさんは思い当たることがあるのか、身を乗り出すように尋ねてきた。俺は若干嫌な予感がしながらも、嘘をついて後々トラブルにならないよう誤魔化《ごまか》さずに素直に答える。

「エルバルト、と言います」

「やはりそうか！」

ウォルガンさんは大きく頷く。

「父をご存知なんですか？」

「ああ、知り合いっていうか友人だ。俺の正式な名前はウォルガン・フィル・レイド。レイド伯爵家の次男だ。学園でエルバルトと同じクラスになってからの付き合いさ。まさか、あいつの息子だとは思わなかったよ。若い頃のあいつに少し似ているから気付いたが」

「こんなところで父の友人に出会えるなんて思っていませんでした。これからたぶん王都で生活することになると思うので、よろしくお願いしますね」

「ああ、よろしくな。エルバルトの息子にしても強すぎる気がするが……まあいい。これ以上は聞くまい」

「ええ、そうしていただけると助かります」

本当に助かった！　聞かれても答えられないから、困ってしまうところだった。

ウォルガンさんは俺のランクに話を戻す。

「それでランクについてだが、Ｂランクで登録して、代わりに盗賊討伐の依頼を受けてもらってもいいか？　Ｂランクになるには盗賊討伐の経験がないといけないんだが」

俺は頷いて答える。

「ええ、構いません。盗賊は殺さないで捕まえてもいいんですよね？」

「問題ない。じゃあ、これがお前のギルドカードと、今回の依頼の詳しい内容だ。お前が強いのはわかったが、無理はすんなよ」

「はい！」

Ｂランクのゴールドに輝くカードをアイテムボックスに仕舞い、盗賊の詳しい情報を頭に入れると、俺はウォルガンさんの部屋を出た。


「アル、遅いぞ」

王都の別邸に帰った頃には日が暮れていて、皆席に着いて待っていた。

注意してきた父上に頭を下げる。

「すみません、ちょっと色々ありまして。お待たせしました」

兄上の隣に腰を下ろすと、斜め前に座る見知らぬ青年と美しい女性に気付いた。

「アルは赤ん坊だったから覚えてないよな。長兄のバルトと俺の第一夫人のマリアだ」

父上が紹介すると、二人は名乗る。

「バルトだ。大きくなったな」

「マリアよ。あなたのお母さん、リリーからのお手紙で色々聞いているわ」

「アルラインです。よろしくお願いします」

バルト兄上は父上に似て青髪で瞳は金色。武人然とした雰囲気だ。マリア母上は紺色の髪にバルト兄上と同じ金色の瞳。彫りが深く整った顔立ちで絶世の美女である。

「よし、では互いに自己紹介も終わったところで夕食をいただこう」

夕食が始まり、会話が弾む。

「アルくん、ここ二年で本当に大きくなったね。かっこよすぎるよ！」

「義姉上もさらにお綺麗になられましたね」

「もう！　そんなこと言って」

久しぶりの義姉上のブラコンに苦笑いを浮かべていると、バルト兄上とマリア母上がもの言いたげにこちらを見ていることに気付く。

「どうしました？」

「アルの今の言葉は無意識なのか」

なぜかバルト兄上に呆れられてしまった。

「アルは無意識に女の子を口説《くど》くからなー。学園ではたくさんの女の子が泣くことになりそうだね」

ライト兄上まで！　なんでそんなことになるんだ。俺は紳士的に振る舞っているつもりなのに。

「アル、無闇《むやみ》やたらに女の子に甘い言葉を囁《ささや》いてはいけませんよ。あと女の子たちが寄ってきても簡単に信用しないように」

マリア母上が真剣な顔で忠告してきた。

「？？　はい。自分はそんなつもりないのですが……」

「マリア母上の言う通りだよ。逆恨みなんかされて悪い噂を流されたりしたら、たまらないからね」

「わ、わかりました。気をつけます」

よくわからないが、バルト兄上の言葉にとりあえず頷いておく。確かにそんなことをされたらたまったものではない。

「まあアルなら大丈夫だろう。実力もあるしな」

しかし、リリー母上と父上は楽観的だ。その様子にマリア母上がため息をつく。

「あなた達がそんなだから、アルが無意識に甘い言葉を口にするようになるのですよ！」

「マリア母上、怒ってもしょうがないですよ」

ライト兄上が宥めると、マリア母上はふうっと息を吐いて、ようやく落ち着いた。

「アルくん！　お嫁さんはちゃんと連れてきてね！　お義姉ちゃんがしっかり見極めてあげるから！」

義姉上の発言にまたその場が賑《にぎ》やかになり、騒がしくも楽しい時間が過ぎていくのだった。

第四話　盗賊討伐

その日、Cランクパーティ「瑠璃色《るりいろ》の乙女《おとめ》」は森を移動する商隊の護衛依頼を受けていた。

もう一つのパーティと一緒に参加している。

「いい天気だなー」

「本当ね。これなら明日の午前中には王都に着きそう」

女剣士のカミラの呑気《のんき》な呟きに、魔法使いの女性、レナが相槌《あいづち》を打つ。

「僕、初めての王都です。楽しみ！」

斥候《せっこう》の少女ノンが今にもスキップしそうな勢いで言った。

「そういえばそうだったわね。王都は人が多くて活気に溢れてる場所よ。向こうに着いたら美味しいお店を紹介してあげる」

「本当ですか、レナさん！　お願いします！」

ノンがちょっと食い気味に言うと、隣でカミラが苦笑した。

「ほんと、ノンは食い物への興味だけは人一倍持っているな」

「本当ね。もっと冒険者としての仕事にも興味を持ってほしいわ。ダンジョンとか行ってみたいのに」

ノンは二人の言葉に笑って答える。

「あはは、お金に困ってないのにわざわざ危ないところへ行く必要はないじゃないですか。安全第一ですよ」

カミラとレナがため息をつく。

「そうなんだがな……」

「冒険者なんだからちょっとは冒険したいじゃない」

そんな呑気な会話を楽しんでいた三人だったが、前で護衛をしていたもう一つのパーティから聞こえた叫び声に、和やかな雰囲気は打ち破られた。

「盗賊だ！」

三人はすぐさま戦闘態勢に入った。しかし次から次へと現れる盗賊に目を見張る。

「へへ、ここは通り抜け禁止だぜ。殺されたくなけりゃ武器を置いて降伏しろ！」

二十人もの盗賊がずらりと並び、リーダーらしき男が下卑《げび》た笑みを浮かべて脅《おど》してきた。

「ファングさん！　どうする⁉　こっちは六人しかいないが」

もう一つのＣランクパーティ「暁《あかつき》の誓《ちか》い」のリーダー、ノットが商隊の隊長であるファングに問う。

「ここで降伏した場合どうなりますか」

ファングは冷静にノットに尋ねた。しかし、答えたのは盗賊のリーダーだった。

「命は助けてやるが……女はこっちでもらってやるよ。男は全員奴隷《どれい》だな」

瑠璃色の乙女に視線を送りだらしなく笑う。瑠璃色の乙女は美女揃いである。盗賊からしたらいい獲物なのだろう。

「戦うしかないようですね。頼みます」

ファングがノットに言った。

「わかりました。最悪の時はファングさんだけでも逃げてください」

ノットの言葉にファングは頷いた。

「へ、この人数に勝てるわけねえだろ。おい！　やっちまえ！」

盗賊と護衛の冒険者の戦いが始まった。

しかし、やはり人数が多い盗賊に冒険者が押され気味になる。

「カミラ、行きましょう！　ノンは援護を！」

レナの号令に、二人が応える。

「おう！」

「もちろんです！」

カミラは暁の誓いと共に前方に立ち、レナはノンとカミラの間で魔法攻撃、ノンは後方から短剣を投げて援護する。

「うぐっ！　貴様ぁ！」

カミラの剣で肩を貫かれた盗賊が激昂《げきこう》し剣を振り回すが、レナの魔法に射抜かれて倒れた。

暁の誓いの三人も徐々に敵を減らしていく。

だが、やはり人数の差は大きく、戦局は徐々に盗賊にとって有利に傾いていった。

「きゃあ！」

「うお！」

悲鳴が聞こえた方をカミラとレナが見る。ノンが剣を首に突きつけられ、暁の誓いの一人が脇腹を切り裂かれ膝をついていた。ノンを拘束《こうそく》している盗賊が言う。

「こいつの命が惜しければ、全員武器を置いて降伏しな」

「皆！　僕のことは気にしな……」

ノンが言い終わる前に盗賊がノンの首を薄く切った。鮮血が飛ぶ。

「「ノン！」」

「ちっ！」

カミラとレナは叫び声を上げ、ノットが舌打ちした。

「そっちは残り四人。こっちは残り十五人。勝ち目はないってわかるよなぁ？」

盗賊の言葉に、ノットが唇を噛《か》みしめる。

「降伏するしかねえか……」

「そんな！　ノットさん！」

ノンの叫びもむなしく、もはや全員が諦めかけた時だった。

ドスッ。

「え？」

鈍《にぶ》い音と共にノンを捕まえていた盗賊の腕が切断された。

「「「「は？」」」」

「女の子を傷つけちゃいけないって教わらなかったのかな？」

突如、見知らぬ声がその場に響き渡る。腕を切られた盗賊の後ろには、片手に剣を持ち、片手にノンを抱いた少年が笑みを浮かべて立っていた。

†

「女の子を傷つけちゃいけないって教わらなかったのかな？」

俺――アルラインは盗賊に向けて笑みを浮かべた。が、内心ではめちゃくちゃ安堵《あんど》していた。

あああああ！　間に合ってよかった！　嫌な予感がしてスピードを上げて来たけど、本当によかった！　目の前まで来て間に合いませんでしたとか洒落《しゃれ》にならないからね!?　何俺が来る前に商隊を襲ってくれちゃってるわけ？　そんな動揺を表情には出さず、今し方腕を切断した盗賊を見る。

「は、え？　腕が、ない……うわあああああああああ！」

その盗賊は痛みに耐えきれず地面をのたうち回った。突然の出来事に商隊の護衛らしき冒険者も他の盗賊もしばらく唖然としていたが、我に返ったのか警戒して武器を構え直した。

冒険者のリーダーと思《おぼ》しき男が声をかけてくる。

「何者だ？」

「そこの盗賊の討伐を依頼された冒険者ですよ」

「何⁉　嘘をつくな！　まだ盗賊討伐の依頼を受けられる歳じゃないだろ！」

あー、そうなるか。確かに俺はまだ十歳だもんな。でもここで言い合ってもしょうがないだろうに。どう見ても冒険者達は盗賊のことを忘れていた。

この隙に冒険者達に襲いかかろうとする盗賊がいるが、彼らは俺に注意を向けていて気付いていない。

「僕のことを教えてもいいですけど……注意不足じゃないですか、ねっ！」

盗賊が冒険者達を攻撃しようとした瞬間、俺は持っていた剣を投擲《とうてき》し盗賊の一人を串刺しにする。

冒険者達が振り返ったのと同時に盗賊全員が地面に倒れこんだ。

「な……」

冒険者達は絶句した。誰一人として何が起きたか理解できていないようだ。

当たり前だ。剣の投擲は冒険者達の注意を逸らす陽動だったのだから。

俺が意図した通りに冒険者達が俺から目を離したその隙に、俺は右目を隠していた前髪を上げて魔眼を発動。盗賊の魔力を全て吸収し、意識を奪ったのだった。

五歳のステータス授与の儀の時に魔眼を授かって以来、俺は魔物相手に努力を重ね、今ではすっかり使いこなせるようになっていた。それこそ、人間の魔力程度なら一瞬で吸い尽くせるくらいには。

「こ、これは君がやったのかい？　どうやって？」

先ほどのリーダーらしき男が動揺しながら聞いてくるが俺は無視し、助けた少女を地面に下ろす。

それから、彼女の首の傷口に手をかざし光属性の初級魔法を唱える。

「ちょっ、何を……」

「〈回復《ヒール》〉」

かざした手から光が溢れて傷が瞬く間に治った。

「あ、ありがとう……」

お礼を言う少女に、俺は首を横に振る。

「大したことではないので、気にしないでください」

またもや周りは唖然としているようだ。初級であろうと回復魔法を使える者は少ない。それこそ教会で回復魔法をかけてもらおうとすると、だいたい平民の一ヶ月分の収入が一度で消えるくらい貴重なのだ。俺は振り返って冒険者のリーダーの男に尋ねる。

「この縄で盗賊を縛《しば》ってもらっていいですか？　その間に全員を手当てしますので」

今度は冒険者達も素直に頷いて頭を下げた。

俺はその間に、もう一人の冒険者といまだにのたうち回っている盗賊にまとめて魔法をかける。

盗賊とはいえ、殺すのは忍びないからね。

「〈範囲回復《エリアヒール》〉」

「「「「はあっ？？？？」」」」

魔法を唱えた瞬間、周囲から驚愕の声が上がった。

「なんであなたがそんな魔法使えるの!?」

魔法使いっぽい綺麗なお姉さんが詰め寄ってくる。今使ったのは光属性の中級魔法で、一定の範囲内にいる人全員を回復させる魔法だ。それにしても近すぎるよ……

「は、離れてもらえませんか……」

「あ、ご、ごめんなさい!」

「いえ。まあ魔法がちょっとばかり得意なんです」

俺は誤魔化すように答えたが、彼女は納得いかない様子だ。

「ちょっとなんてもんじゃないわよ。なんなのこの子」

なんか驚かせちゃったみたいでごめんなさい。

その時、回復してあげた冒険者の男が起き上がってきた。

「すまねえ、坊主。助かった」

「いえいえ、傷は治っても失った血は戻りません。肉を食べてしっかり休んでくださいね」

「ああ、ありがとよ」

俺は笑顔で頷いた。

「終わったぞ~」

盗賊達を縛り終えた冒険者のリーダーが声をかけてきた。

「ありがとうございます」

「いや、いいんだ。それより、こいつらどうやって運ぶんだ? さすがに二十人はきついぞ」

「大丈夫です。僕、アイテムボックス持ちなので」

俺はそう言うと、盗賊達をアイテムボックスに収納した。

それを見た冒険者達は感心した様子だ。

「アイテムボックスまで持ってるのか……」

「羨《うらや》ましいね。しかも、二十人も入るってことはかなりレベルが高いだろ」

冒険者のリーダーと剣士の女性の言葉に、俺は曖昧《あいまい》な笑みを浮かべた。

「まあ、それなりに。そういえば、まだ名乗ってもいませんでしたね。僕はアルラインといいます。これでも一応Bランクの冒険者で、盗賊討伐の依頼を受けてここに来ていたんです」

ゴールドのギルドカードを見せると、冒険者達は何度目かわからない驚きの声を上げる。

「強いとは思ったが、その歳でBランクとは……俺は暁の誓いのリーダー、ノットだ。色々すまなかった。助けてくれてありがとう」

深々と頭を下げてくるノットさん。

俺は慌てて首を横に振る。

「い、いいえ、依頼ですから！　それに確かに僕くらいの歳でBランクなんて誰も思いませんよ。そんなに気にしないでください」

「そう言ってもらえると助かる」

その後は、全員の自己紹介タイムとなった。

「同じく暁の誓いのレンだ。傷を治してくれてありがとな」

「ラウザンだ。本当に助かった」

暁の誓いの残り二人が自己紹介を終え、次に女性三人が名乗る。

「瑠璃色の乙女のリーダー、レナ。魔法使いよ」

「剣士のカミラだ」

「斥候のノンだよ。傷、治してくれてありがとう！」

全員が名乗り終わると、一人の男が割って入ってきた。

どうやらノットさん達が護衛していた商隊の人のようだ。

「君が助けてくれたんだね。本当にありがとう。私はこの商隊を率いているファングといいます」

「いえ、無事ならよかったです。先ほどの自己紹介を聞いていたかもしれませんが、アルラインといいます。Bランク冒険者です」

「その歳でそのランクとはすごいとしか言えないですね。もしよろしければ、私の商会で働きませんか。もちろん相応の給金を払わせていただきますから」

まさかの勧誘。出会ったばかりの俺になぜ？

「いきなりどうしてでしょう……？」

「先ほどのアイテムボックス、正直言って容量が異常です。相当高レベルであることがわかります。ぜひ、商品の運搬などで使わせていただきたいのです」

正直にぶっちゃけたな。ここまで言い切られるとむしろ清々《すがすが》しい。

「すみません、今のところ冒険者をやめる予定はないのです。それに色々事情もありますので」

「そうですか。残念ですがしょうがないですね。でしたら、商会のご利用をお待ちしています。値段は勉強させていただきますので」

「わ、わかりました。その時はよろしくお願いします」

こんな時でも商売のことを考えているとは……商人とは恐ろしいものである。

ファングさんはさらに一つ提案してくる。

「ところで、私達は王都に向かっているのですが、先ほどのように盗賊に襲われないとも限りません。もしお手数でなければ、護衛していただけないでしょうか」

うーん……転移魔法を使えば王都に一瞬で戻れるんだけど、もしまた何かあったら寝覚めが悪いな。仕方ない。

「わかりました。ご一緒させていただきます」

こうして俺は商隊の護衛に加わり、王都に向かったのだった。


夜になり、俺達は途中の宿場町で泊まることになった。

「一日お疲れ様でした。三つ部屋を借りておいたのでゆっくり休んでください」

どうやらファングさんが気を使ってくれたらしい。俺は一人部屋だった。

解散する直前、ファングさんは皆に向けて言う。

「あと、少し相談がありますので、夕食前に私の部屋に来てください」

何か話があるようだ。ノットさん達は心当たりがあるみたいで、雰囲気が少しだけピリッとしたのを感じた。そんな雰囲気を知ってか知らずか、ファングさんは苦笑いして「ではまたあとで」と部屋に行ってしまった。

「なんか面倒そうだな」

「まあ、私達の仕事だからしょうがない」

ノットさんとカミラさんは嫌そうに呟いた。

「アルくん、一人で大丈夫？　よかったらお姉さん達と泊まる？」

レナさんが優しく聞いてくる。随分子供扱いされているみたいだ。まあ十歳だからしょうがないけれど。

「大丈夫ですよ。皆さんと一緒の方が緊張しちゃいます」

「そう……アルくんはとっても強いけど、まだ子供なんだから無理しちゃダメよ？　何かあったらすぐ頼ってね」

レナさんの言葉に、ノンさんもうんうんと頷く。

「冒険者としては僕達が先輩だからね。色々聞いてね？」

「はい！　ありがとうございます！」

俺は二人に笑顔を返して部屋に入った。

「はあ、アルくんカッコいい……」

「レナさん、何言ってるんですか、もう……」

後ろでそんな会話が繰り広げられていたが、聞こえないふりをした。

「全員集まりましたね」

夕食前のファングさんの部屋には、俺を含め護衛全員が集まっていた。

「来てもらったのは他でもない、昼間襲ってきた盗賊について話し合うためです。あの盗賊は闇ギルドの手の者である可能性が高いのです」

ファングさんはそう切り出した。闇ギルドとは暗殺、偽装工作などの依頼を受ける、裏社会のまとめ役のようなものだ。きっちりした組織形態をとり、暗殺者の育成などを行っている犯罪者集団である。ノットさんが苦々しげに呟く。

「やっぱりか。さすがに強すぎると思ったんだ」

「え？　あの盗賊って強すぎたんですか？」

俺は正直に尋ねたのだが、なぜか皆唖然としていた。レナさんが優しい口調で答えてくれる。

「そうよ。普通の盗賊なら、あそこまで人数差があっても勝てたはずなのよ」

「私達は全員一応Cランクだからな。普通の盗賊相手にあんな苦戦してたら、そもそも護衛依頼なんて受けられないね」

カミラさんも教えてくれた。

「まあ、瞬殺したアルには関係ない話だな」

ノットさんの言葉に全員が頷く。否定しようにも本当のことなので何も言えない。Cランクって意外にすごいんだな、と他人事《ひとごと》のように思っていると、ノットさんが不思議そうに聞いてくる。

「ていうか、アル、お前あいつらが闇ギルドだって気付いていなかったのか。てっきり察してると思ったぞ」

「い、いえ。僕は商隊とノットさん達をずっと見張っている人がいたので、これはなんかあるなと感じただけなんですけど……」

「「「「「……えっ？？？」」」」」

俺が理由を説明すると、全員が固まった。

いち早く我に返ったノットさんが尋ねてくる。

「待て。見張りがいたのか？」

「え、ええ。二百メートルくらい離れた場所から見張ってる怪しい人間が二人いました」

「ちょ、ちょっと待ってください！　アルくん、二百メートル先まで索敵《さくてき》できるんですか？」

驚愕の表情を浮かべるレナさん。

「は、はい。あれ、これくらいは皆さんもできるんじゃ……」

「できないから！　僕は索敵とか補助系統の魔法が得意だから斥候やってるけど、どんなに頑張っても百メートルくらいが限界だよ！」

ノンさんがまくし立てた。

なるほど……二百メートル先を索敵できるのは異常らしい。実際は五キロくらいなら問題なく索敵できるが、言わなくてよかった。

そういえば今までなんとも思っていなかったが、なぜ単位は前世のものと同じなのだろうか？

全く関係ない疑問が頭に浮かんだが、俺はそれ以上は深く考えずに頭を切り替えた。

「ま、まあもういいです。アルくんが規格外なのは嫌というほどわかりましたから」

ノンさんがげっそりとしている。なんか申し訳ない。

「そ、それで、なぜファングさんは闇ギルドに狙われてるんですか？」

とりあえずこれ以上俺の話が広がらないように、強引に話題を変えた。

ファングさんが説明する。

「あ、ええっと、少し前に闇ギルドとつるんでいた貴族を没落させたんですよ。その結果、闇ギルドの幹部が何人か捕縛《ほばく》されましてね。その報復かと」

「なるほど、確かにそんなこともありましたね」

ノットさんが納得したように言った。

俺にはなんのことかわからないが、他の皆も頷いている。

平然と恐ろしいことを言っているけど、ファングさんって何者なんだろう……

疑問が顔に出ていたのか、ノットさんが尋ねてくる。

「お前、もしかしてファングさんを知らないのか？」

「え、ええ、知りません」

正直に答えると、全員から呆れた目で見られた。代表してノットさんが答えを教えてくれる。

「あのな、ファングさんはスカーレット商会の会長だよ。さすがにスカーレット商会は知ってるだろ？」

「えええっ⁉」

スカーレット商会といえば、王国一と名高い商会である。確か父上も取引していたはずだ。

「な、なんでそんな人がこの少ない護衛で王都に向かってるんですか！」

「スカーレット商会ほどの大商会の会長となると、色々なところから命を狙われやすい。だから、ファングさんと旧知の仲である俺らだけで護衛して情報漏《も》れを防いでいるんだよ。まあ、闇ギルドにはバレてしまったようだが。大抵の人ならファングさんの名前を聞けば気付くんだがな」

呆れたように言うノットさん。

「そ、そうなんですか。すみません、世情に疎《うと》くて」

「まあ、私もまだまだということでしょう」

さすがに申し訳なく思って謝罪すると、ファングさんは首を横に振って優しく言った。

それからファングさんは話を戻す。

「さて、話が逸れましたが、闇ギルドがこれで手を引くとは考えられません。どうしたらいいと思われますか？」

「それについてですが、僕に考えがあります。聞いてもらえますか？」

俺は自分の考えを話し始めた。

第五話　出会い

その日の深夜。

ファングの部屋の中に忍び込む一人の男がいた。

この部屋には、ベッドで寝ているファングしかいない。少なくとも男はそう思っていた。

この機に大商会の会長の首を取り、報復を果たす。闇ギルドから遣わされた男は、まさに任務を完了しようとしていた。

しかし――

「そこまでだよ」

声と同時に一人の少年がベッドのそばに現れた。

「なっ⁉」

（俺の魔法が破られただと⁉）

ファングの寝首をかこうとしていた男――ダークは驚愕した。

ダークはこれまで闇ギルドに持ち込まれた依頼を全てこなしてきた、最強と名高い暗殺者だ。この世で数人しか使えないと言われている最上級闇魔法〈闇帳《ダークシールド》・極《エクストリーム》〉で、気配すら悟られないようにしていたはず。

それなのに見つかった。しかも魔法まで打ち消されるなんて青天《せいてん》の霹靂《へきれき》だ。ダークは動揺を必死に隠しながら、警戒心を強め、声が聞こえた方を向いた。

「今〝なんで気付かれた〟って思ったでしょ？」

その言葉にダークは身構えた。


——それはね、君よりも僕の方が強いからだよ。

その言葉にダークは瞠目《どうもく》した。

†

ファングさんから闇ギルドが関わっていると聞かされた直後。

「それについてですが、僕に考えがあります。聞いてもらえますか？」

俺——アルラインの言葉に、皆が訝《いぶか》しげな表情を浮かべる。

「とりあえず言ってみろ」

ノットさんが先を促したので、俺は続ける。

「ファングさんを殺すだけであれば、腕のいい暗殺者が一人いれば済む話でしょう？　それこそ、気配を消すのに長《た》けた者なら商人の寝込みを襲うくらいわけないはずです」

その言葉に全員が頷く。

「ここで考えられるのは二つです。一つ目は今言ったように、ファングさん一人を殺すために腕のいい暗殺者を少数差し向けてくる場合。二つ目はファングさんだけではなく、この商隊全体を壊滅させようとして、大勢でこの宿に乗り込んでくる場合です。こっちの方が厄介ですが、まずないでしょう。大勢を向かわせれば闇ギルドの拠点がバレる可能性が高くなりますからね」

「そうだな。実際闇ギルドが関わった事件で、そこまで大人数が差し向けられたことはない。今回は成功を確信していたからこそあの人数で来たんだろうしな」

ノットさんが俺の考えを肯定してくれた。俺は頷いて結論を告げる。

「つまり、一つ目の状況を想定し、この部屋に入ってくる暗殺者を倒すことができればいいわけです」

「でも、そんなに簡単にいくかな？」

ノンさんが疑問を口にすると、全員の表情が険《けわ》しくなる。

「だって、闇ギルドが囲っている暗殺者の中には少数ではあるけれど、姿だけじゃなくて気配すらも消せる奴がいるって言われているんですよ？　今回ファングさんを消せれば、闇ギルドにとって大きな成果になるはずです。つまり強者が来る確率が高い。たとえここにいる全員で守っていても、相手に気付くことができなければ終わりです」

ノンさんの疑問はもっともである。もしそんな強者が来た時には、大抵の人では対処のしようがないだろう。そう、大抵の人では、だ。

「ですから、僕が一人でこの部屋を守ります」

「ちょっと待って！　大勢でも無理って言ってるのに、アルくん一人じゃ不可能！　いくらアルくんが強いと言っても、それは相手を舐《な》めすぎよ」

レナさんがまくしたてた。だが、俺は笑って言う。

「いえ、しっかり対処法はあるので大丈夫ですよ。それに、皆さんには宿の周りで見張っている他の敵を確保してほしいのです。部屋に来るのは一人、多くても二人でしょうが、外で見張っている人は数人いるはずですから」

「対処法はあるって言っても無茶だわ……」

レナさんが心配してくれるのはありがたい。

俺は魔眼について明かそうかどうか迷った。これがあれば、気配が消えていようが相手の魔力をもとに位置を詳細に把握することができる。

しかし、魔眼はあまりに強すぎるのだ。明かした途端、怖がられてしまう可能性がある。

まあ、いつまでもこうして言い合っていてもしょうがない。人の命に関わる話だし、魔眼について彼らに話すしかないだろう。

それにまだ知り合って間もないが、彼らなら受け入れてくれると思えた。

「今から僕が言うことを信じてくれますか？　どんなに奇想天外なことでも」

俺は暁の誓いのリーダーであるノットさんをまっすぐに見つめた。俺のただならぬ様子に全員がごくりと息を呑むのがわかった。ノットさんは強い光を湛《たた》えた目で俺を見返し、力強く頷いた。

「信じよう。他の奴らもいいな」

暁の誓い、瑠璃色の乙女、そしてファングさんが静かに首を縦に振った。

会って間もないのに信頼してくれることを嬉しく思いながら、俺は意を決して話し始める。

「昼間、僕が盗賊達の意識を全員まとめて奪ったのを覚えていますか？」

なぜ今その話を？　という表情をしながらも全員が頷く。

「あれは僕のスキルによるものなんです」

「スキル二つ持ちか。アイテムボックスといい、お前は本当に規格外だな」

ノットさんに呆れられてしまった。

「ま、まあ、それでそのスキルなんですが、魔眼といいます。僕が前髪で右目を隠しているのは魔眼を授かったことによって、右の瞳だけ色が変化してしまっているからなんです」

俺は前髪を上げて右目を見せる。全員がはっとしたような顔になった。

「綺麗……」

「えっ……？　あ、ありがとうございます」

レナさんのうっとりとした呟きに思わず赤面する。自分が声を漏らしたことに気が付いたのか、レナさんは顔を真っ赤にした。

俺の目をまじまじと見つめていたノットさんが尋ねてくる。

「アル、そのマガン？　とかいうやつの効果はなんなんだ？」

「この魔眼の効果は、念じることで対象の魔力を吸い取るというものです」

その言葉を聞いた瞬間、全員が唖然とした。

「つまり、なんだ。お前は念じるだけで相手の意識を奪えるということか？」

「はい。それに、魔力の流れが目に見えるのです。つまり、敵が魔法を使って姿を隠しても、魔力は消せないので、僕なら対処できます。今まで強力すぎて人前では使ってきませんでしたが、今回は敵に容赦《ようしゃ》する必要はないですよね」

そう言うと、全員が諦めたような笑みを浮かべた。

「アル、俺達はお前が悪い奴じゃないとわかってる。だが、お前のその能力を知れば、悪意を持って近づいてくる者やお前のことを怖がる者も現れるだろう。絶対に不用意に明かすんじゃないぞ」

ノットさんの気遣いを嬉しく思いながらも、俺は真面目な顔で頷いた。

「確かにその能力があるのでしたら、アルラインくんに任せられそうですね」

それまで黙って聞いていたファングさんが、俺の意見に賛成した。

しかし、カミラさんが心配そうに聞いてくる。

「それはそうかもしれないが、アル、お前一人で本当に大丈夫か？」

「大丈夫ですよ。腕には多少自信がありますから。皆さんは外の敵をお願いします」

俺が笑顔で答えると、カミラさんは渋々頷いてくれた。

ノットさんが、ぱんと手を叩いて言う。

「決まりだな。アル、死ぬなよ」

「もちろんです。皆さんもお気をつけて」

それから細かい打ち合わせをして、作戦会議は終わりとなった。

†

「それはね、君よりも僕の方が強いからだよ」

ダークの目に映ったのは、見るからにまだ幼い少年。十歳くらいではないだろうか。片目を前髪で隠しているが、見えている左目は強い光を湛えてダークを射抜いている。

「あなたが僕と戦う意味はあるのかな？　その魔法を消された以上、あなたが僕に勝つ術《すべ》はないと思うのだけれど」

少年が言っていることは正しいのだろう。自分の姿を消していた〈闇帳《ダークシールド》・極《エクストリーム》〉を打ち消されても、ダークの能力は高い。それこそ普通の人では止めることも傷をつけることもできないだろう。それだけ闇魔法の能力と彼自身の身体能力が高いのである。

しかし、ダークは目の前の少年に勝てるとは思えなかった。少年に隙なんて一つもない。

一見気が抜けていそうな立ち姿の少年に攻撃できていないのは、そのためだった。

「確かに俺では坊主に勝てないだろう。強いだけではなく、俺が一人で来ることも読んでいたようだしな」

ダークはちらっとベッドの方に視線を向けて言う。

人のような膨らみがあるが、恐らく人形なのだろう。暗殺対象は違う場所にいるようだ。完全に動きが読まれてしまった。

知略でも実力でも負けている相手に勝てるわけがない。

「けどな、俺には戦わなければいけない理由が、生きなければいけない理由があるんだよ！」

ダークの声はどこか悲しげだ。彼は一瞬で距離を詰めると、鋭さと重さが乗った文字通り必殺の一撃を繰り出した。

だが、その会心の一撃を少年――アルラインは右手の人差し指一本で受け止めた。

魔力を指に込めて強化することで、ダークの蹴りを止めたのである。それはアルラインの魔力の質が、量が、ダークを大幅に上回っていることを示していた。

ダークは驚かなかった。これくらい止められて当然とすら思っていた。

続け様に、真っ黒なボール――闇属性の中級魔法〈闇弾《ダークボール》〉を三発放ち、距離を取る。三発共同じ〈闇弾《ダークボール》〉に相殺《そうさい》された。

「こんなもので僕をやれると思っているんですか？」

「はは、さすがだな」

乾いた笑いがダークの口から漏れた。

「俺もお前と同じくらいの歳でそれくらい強ければ、こんなことをしてなかったかもしれないな」

その言葉に滲《にじ》んだ深い後悔と諦めの色に、攻撃を繰り出そうとしていたアルラインは思わず動きを止めた。

「あなたは……」

「ん？　なんだ？」

「いえ、なんでもありません。宿の他のお客さんが起きてしまいますからね。そろそろ終わりにしましょうか」

その瞬間、アルラインの身体から膨大な量の魔力が吹き荒れた。

『闇の精霊よ、僕に力を貸してくれるかい？』

アルラインは、彼の魔力に惹《ひ》かれてやってきた闇の中級精霊に心の中で声をかける。その精霊は真っ黒な長髪を持つ幼い少女の姿をしていた。

『精霊神に愛されし子か……よかろう、力を貸してやる』

『ありがとう。それじゃあ……』

アルラインは精霊にあることを伝える。

『これまた無茶なことをしよる。まあ手伝ってやるがな』

『頼んだよ』

アルラインの意図を汲み取った精霊は呆れたような呟きを漏らすが、面白そうと思っているのは明らかだった。精霊を見ることができないダークは、アルラインがそんな会話をしているとは知らないまま、彼の膨大な魔力に冷や汗を流していた。

「はは、これはすごいな。だが、俺もやられるわけにはいかない……！」

ダークの手にはいつのまにか魔力を纏《まと》った短剣があり、それを突き出す。

アルラインが咄嗟《とっさ》に飛び退《の》くと、短剣が当たった壁は粉々に砕け散り、壁だったものはただの木の屑《くず》と化した。木屑が舞い上がりアルラインの視界が塞《ふさ》がれる。

明らかにただの短剣の威力ではなく、アルラインでも当たれば軽い怪我では済まないだろう。

避けた先に降り注いだ〈闇弾《ダークボール》〉を全て弾きながら、アルラインはダークの位置を魔眼で確認する。

ダークは逃走する姿勢を見せていた。しかし、そんなことを許すアルラインではなかった。ダークが逃走しようと背を向けた時には、彼の目の前に〈転移〉。

ダークは驚いた様子だったが、止まることなくアルラインに襲いかかった。だが、遅かった。

「〈闇砲弾《ダークバースト》〉」

アルラインの上級魔法により発生した真っ黒な闇が、ダークを包んだ。

ダークの脳裏にこれまでの思い出がよぎる。可愛がってくれた両親の笑顔、その両親の死、最愛の妹と過ごしたなんてことない日常、妹の花が咲いたような笑顔。

(シエル、ごめんな。兄様死ぬみたいだ)

ダークは自分が死ぬことを理解した。

(もし次の人生があるなら、妹と二人、人並みの人生を歩みたいな)

「さようなら」

魔法が消えた時、ダークは消滅していた。

†

ダークは田舎の貧しい子爵家の生まれだった。

貴族とは思えないほど小さな家に父と母、ダークの三人で暮らしていた。たとえ貧しくても愛情深い父と母に囲まれてダークは幸せだった。

「ダーク、ご飯ができたわよー」

「今行きます」

母に呼ばれたダークは小走りで食卓に向かう。

使用人が一人もいない家だったために、家事は母が行っていた。

「「「大地の恵みに感謝して、いただきます」」」

品数は少ないけれど、美味しくて十分な量がある食事。その時間が家族で過ごす一番楽しい時間だった。

「ダーク、あなた。報告があります」

——子供ができました。

突然の母の報告。笑顔の母の言葉に、父もダークも喜んだ。

その数ヶ月後、生まれた妹を見て、ダークは心に誓った。

「君は僕が守るよ」

その言葉を聞いた父と母は嬉しそうに笑った。

月日が経ち、ダークは八歳になった。妹はシエルと名付けられ、三歳になっていた。

「にーさま、お外で遊びましょ！」

「いいよ。何しようか」

二人は誰が見ても微笑ましいほど仲が良かった。

「魔法を見せてください！」

「またかい？　シエルは本当に魔法が好きだな」

「にーさまの魔法は綺麗なんです！」

ダークは五歳のステータス授与の儀の時に魔法神の加護を授かり、八歳にしてその才能を発揮していた。属性は風と闇。小さな竜巻を発生させたり、闇の玉でお手玉をしたり。将来は宮廷魔術師かな、なんて言われたこともあった。しかし、ある日、突然その幸せな日常は終わりを告げた。

「ダーク！　シエルを連れて逃げなさい！」

「そんな……父様、僕も戦います！」

「ダメだ。早く行け！」

突然領地に盗賊が現れたのだ。しかも、二百人を優に超えていて、到底太刀打《たちう》ちできなかった。

父と母は兄妹を逃がすために、盗賊と戦おうとしていた。

「俺達もすぐに追いつく！　それまでシエルを頼んだぞ！」

「しかし！」

「ダーク、シエルを守れるのはあなただけなのよ。これでお別れじゃないわ。また会えるから」

母親にも諭《さと》され、ダークは唇を噛み締めた。三人共わかっていた。もう二度と会うことはないだろうと。

「父上、母上、ご無事で。シエルは僕が守ります」

「頼んだぞ」

「よろしくね」

ダークの父と母はそう言って、息子の額にキスをした。

「とーさま、かーさま」

シエルは何が起きているのかわかっていないようだった。ただ、不安そうに両親を見上げている。

「ダークの言うことをよく聞くのよ」

「またあとでな」

両親はシエルの額にもキスをする。シエルはコクリと頷いた。

「裏口から出て、近くの町へ行きなさい」

「わかりました。ご武運を」

ダークはシエルを抱えて走り出した。

「にーさま？」

ダークの頬を涙が伝《つた》った。その涙をシエルが拭《ぬぐ》う。

「ごめんな、シエル」

自分が強ければ、両親を助けることができた。シエルに寂しい思いをさせずに済んだ。ダークは後悔の念に苛《さいな》まれながら夜の道を走り抜けた。

†

「ううっ……ここは？」

激しい頭痛で目を覚ましたダークは、見知らぬ部屋にいた。窓から夕方を思わせる淡い黄金色の日が差し込んでいる。

ここにいる理由がわからず、ダークは記憶を辿る。

「俺は依頼を受けて、宿に向かって……そうだ！　あの少年と戦って俺は殺されたはずだ」

その時、突然部屋の扉が開き誰かが入ってきた。その人物を見てダークは目を見開く。

「シエル⁉　なんでこんなところにいるんだ⁉」

最愛の妹の姿にダークは驚きを隠せない。しかし、シエルはその問いには答えずベッドに駆け寄ると、ダークに抱きついた。

「本当にお兄様だった。無事で良かった」

ポロポロと涙を流すシエルを抱きしめながらも、ダークは疑問に思う。

「本当にお兄様だったってどういうことなんだ？　俺は俺だろ？」

シエルはポケットから手鏡を取り出すと、ダークに手渡す。

「見てみて」

シエルに手渡された手鏡を見て、ダークは絶句した。

「どういうことだ？　俺の顔が変わっている……？」

ダークは二十歳だが、十五歳くらいの少年に若返り、髪と瞳の色は黒から灰色に変化していた。

呆然とした表情のダークにシエルがもう一度抱きつく。

「本当に生きてて良かった……！　死んじゃったかと思ったんだからね？　もう絶対に無理しないで！」

「ごめんな。でも……」

「でもじゃないの！　お兄様は私が一人ぼっちになってもいいの？」

ダークはシエルを守るために戦ってきた。それなのに、あの少年との戦いで自分は死を受け入れてしまっていた。シエルを守ると言いながら正反対の行動を取っていたことに気が付き、ダークは言葉を失った。

「シエルさんの言う通りですよ、ダークさん」

急に聞こえてきた声に驚くダーク。さっきまで二人の他には誰もいなかった部屋に、フードを被った少年の姿があった。

†

「君はあの時の……」

ファングさんを暗殺しようとした男——ダークさんが呟いた。

俺――アルラインは笑みを浮かべる。

「ええ。目を覚まされたようで良かったです」

「俺はお前に殺されたんじゃないのか？」

ダークさんが驚いた表情を浮かべて聞いてきた。俺がその質問に答えるより早く、シエルさんが口を開く。

「アル様、いらっしゃい。紅茶を淹《い》れてきますので、ゆっくりなさってください」

「そうさせてもらうね」

「お、おい？　シエル、なんでそいつと親しげなんだ？」

シエルさんと俺が知り合いだということに、ダークさんはいっそう戸惑いを深めたようだ。

「お兄様はアル様から話を聞いてください。あとでお説教します！」

「は、はい……？」

目が笑ってないシエルさんの顔を見て、盛大に顔を引きつらせるダークさん。

シエルさんが出ていくと、俺は彼のベッドのそばに椅子を持っていって座った。

「さて、ダークさん。改めて自己紹介させてもらいますね。僕はアルラインといいます。Bランクの冒険者で、ファングさんの護衛としてあの場にいました」

「その年齢でBランクとはな。もう知っているみたいだが、俺はダークという。さっきのは妹のシエルだな」

「ええ、知ってますよ。いい妹さんですね」

「そうだろう。自慢の妹だよ」

俺がシエルさんのことを褒《ほ》めると、なぜかダークさんがデレた。かなりのシスコンらしい。

その時、紅茶が入ったカップを二つ持ったシエルさんが戻ってきた。

「お兄様、顔が気持ち悪いです」

「なんてことを言う！　妹を褒められて嬉しいだけだ！」

「恥ずかしいからおやめください」

きっぱりと言ったシエルさん。ダークさんは肩を落とした。

「妹が反抗期だ……」

「もう成人しているのだから当たり前です。お兄様こそ早く妹離れしてください」

「嫌だ！」

二人のやり取りを聞いた俺は唖然としていた。

「ダークさんってこんな性格だったんですか……」

「い、いや、これはだな、えーっと……」

盛大に慌てるダークさんに、俺は思わず吹き出す。

「はは、シスコンなんですね！　意外です。戦っている時と雰囲気が違いすぎます」

ダークさんが睨んでくる。

「それはお前も同じだからな」

「僕はいつも変わりませんよ」

「……そういうことか。お前はそのままだから余計に怖いのか。変わらなすぎて不気味なんだよ」

気味悪そうに言ってきたダークさんに、俺は笑顔で返す。

「ひどいです。ぴちぴちの十歳の男の子に不気味って」

「ぴちぴちってなんだ。ただガキってことだろう」

すると、俺達の会話を聞いていたシエルさんが笑い出す。

「ふふふっ」

「ど、どうした？」

「お兄様ったら楽しそう」

シエルさんの言葉を聞いたダークさんが、居心地悪そうな顔になる。

「……まあ、な」

「私は隣の部屋にいるので、何かあったら声をかけてくださいね」

シエルさんが出ていくと部屋の雰囲気が張り詰めた。

「それで？　俺は殺されたんじゃないのか？　しかもなぜこんなに見た目が変わっている？」

いきなり顔が変わったな。まあ、気になっていたのだろうが。

「あとで説明しますよ。まあ、あなたが悪い人じゃないって気が付いたことが、理由の一つです」

ダークさんは首を傾げる。

「俺が悪人じゃない？　何も悪いことをやっていないファングを殺そうとしたのにか？　俺ほど悪人という言葉が似合う奴もいないだろう」

俺は首を横に振る。

「いいえ。戦闘中、あなたの言葉の端々から後悔が感じられました。人を殺そうとしていることに対しての罪悪感も」

「それだけで助けたというのか？　それに俺の見た目が変わっている理由は？」

「あなたの記憶を覗かせてもらいました」

途端にダークさんの顔が怒りの色に染まった。

「どういうことだ」

「あなたはあの時、人を殺してきたことへの後悔やシエルさんへの想いを感じながら戦っていました。シエルさんを守るために闇ギルドに従うしかなかったあなたを、どうして殺せますか？」

ダークさんは全て知られたことを悟ったようだった。

「シエルさんを人質に取られていたのでしょう？」

俺が尋ねると、ダークさんは頷いた。

村を襲われ両親を亡くした兄妹が行き着いた先は、スラム街。そこでダークさんは闇ギルドに戦闘の才能を買われ、味方にならないならシエルを殺すと脅された。

そのせいで、人を殺すことを躊躇している状況ではなかった。

ダークさんは妹のために、その手を血で汚したのだ。

「あなたを闇ギルドから救い出すには、一旦死んだという事実を作らなければいけなかった。だから、あなたの身体を消滅させたのです。そうすれば、あなたが生きているなんて誰も思わなくなりますからね」

「身体を消滅？　どういうことだ。それこそ俺が今生きている理由がわからないじゃないか」

俺はダークさんを生かすと決めた時から、自分が神子という称号を持っていることを明かすつもりだった。この世界における神子とは神が遣わす救世主のようなもので、神々の代行者とも言われるらしい。ほとんど幻《まぼろし》と言っていい称号で、創造神をはじめ神への信仰が深いこの世界では、持っているだけで絶大な信頼が得られるそうだ。俺がダークさんにしたことは、神子であると明かせば受け入れてくれるだろう。それがどんなに現実味がないことであろうと。

「今から言うことは他言無用です。知っている人が少ないので、漏れればあなたからであるとすぐにわかります」

「ああ、わかった。聞かせてくれ」

ダークさんは躊躇せず頷いた。

「僕は神子なんです。つまり、地上における神々の代行者ということですね」

「……は？」

ダークさんは理解が追いついていないようだった。神子がどういう存在か知ってはいるが、実際に存在しているなんて聞いたことがなかったのだろう。

そんなダークさんに、俺はさらなる爆弾を落とす。

「神子の力を使ってあなたの身体を一回消滅させ、魂に合わせて身体を創り直したんです。髪の色と瞳の色は、あなたを知っている人に気付かれないために変えさせてもらいましたが。若返っているのは、魂に適しているのが十五歳くらいの身体だったからですね。身体能力は今までで一番高いと思いますよ」

ダークさんは、俺の話を聞いて唖然としていた。


それは、少し遡《さかのぼ》ってダークさんが消滅した直後のこと——

「闇の精霊さん？　上手くいきましたか？」

俺の言葉に、闇の精霊は不愉快そうに鼻を鳴らす。

「ふんっ、誰にものを言っとるのだ。妾《わらわ》が失敗するわけなかろう」

そう言って闇の精霊が突き出した両手の上には、青白く光る玉のようなものがぷかぷかと浮いていた。

そういえば、精霊にも属性がある。魔法の属性と同じ、火、水、風、土、氷、雷、闇、光の八属性。ルミエと契約した時に、精霊とは念話で会話できることと、精霊は自分と同じ属性の魔力を好むということを教わっていた。それで俺は、イチかバチか闇属性の魔力を放出して精霊の出現を待ってみたのだが、上手くいってよかった。

俺は男の身体を消す直前、記憶を覗く魔法で彼の過酷な過去を見て彼を救うことを決めた。しかし、男のこれまでの経歴を考えると、たとえ闇ギルドから抜け出すことができても報復されかねない。そこで、身体を創り替えて彼の素性を隠そうと思ったのだ。

俺が身体を消滅させ、闇の精霊に魂を保護してもらう。闇の精霊は魂を扱う力を持っていると聞いていたが、お願いしたことを完璧にこなしてくれたようだ。

「失敗するとは思ってなかったさ。ただ、初めてやることだったからね。心配して当たり前でしょう？」

「お主ら人間と違って、妾のような精霊は自分ができることくらいわかっておる」

闇の精霊が憤慨《ふんがい》した表情で言った瞬間、俺の契約精霊であるルミエが急に姿を現した。

「ちょっとあなた！　アルになんて言い方してるの！　アルは精霊神様の加護を受けているんですからね！　中級精霊のあなたがアルに失礼な物言いしないで」

「お主、光の上級精霊と契約しておるのか……ふん！　妾だってあと千年もしたら、上級精霊になっておるわ！」

いきなり喧嘩し始めた二人に唖然としていた俺だったが、ハッと我に返って止めに入る。

「ストップ！　なんでいきなり喧嘩するの!?」

「だって、アルに失礼なことを言うんだもの」

不満そうに答えるルミエ。

「別にいいから！　失礼とか思ってないよ」

「アルがいいならいいけど……」

俺はそこで話題を変える。

「ルミエ、ちょうど良かった。今から彼の身体を創るから手伝ってくれるかい？」

そう言って、闇の精霊の手の上で浮いている青白い玉を示す。

「身体を創る、ね……でも私の力は必要かしら？」

「創るだけなら必要ないかもね。けど今回は、彼の魂を浄化してほしいんだ」

「そうよの。こやつの魂の核は驚くほど綺麗なのに、それが人を殺してきた罪悪感で汚染されている。浄化しなければ、完全に壊れてしまうぞ」

闇の精霊が説明してくれた。そうなのだ。青白い玉は所々小さく黒くなってしまっているのが見える。このまま新しい身体を用意して魂を入れ直しても、魂が壊れ廃人になってしまうだろう。

「まあ、アルの頼みならしょうがないわね！　手伝ってあげるわ」

「ありがとう、ルミエ」

満面の笑みでお礼を言うと、ルミエは真っ赤になってしまった。

「こやつらは……まあ、いい。そろそろやらねば魂が持たぬぞ」

俺は闇の精霊の言葉に頷く。

「そうだね。ルミエ、頼んだよ」

「わかったわ」

ルミエが手をかざすと、青白い玉——暗殺者の男の魂が小刻みに震え始めた。

浄化されるにつれ、魂は白くまばゆい輝きを取り戻していった。

「ふう。できたわ」

「ありがとう。ルミエはすごいな。僕じゃこんなことできないからね」

「もしよかったら、教えてあげるわよ。アルのステータスなら使えるようになると思うし」

「ホント⁉　それなら今度教えて」

「ええ。それより、身体は創らなくていいの？」

そうだった。俺はルミエに浄化してもらった魂に手をかざし唱える。

「〈創造《クリエイト》〉」

俺は彼の記憶に見た、彼の若い頃の姿を創り出していった。

この魔法は、俺がいつも魔法を創る時に使っているものだ。創造魔法は、膨大な魔力と引き換えに様々なものを創ることができる。今回は男の身体というわけだ。魂にぴったり合うように、そして今後闇ギルドに追われることがないように、瞳と髪の色を変えて。

「お主、なんじゃその能力は……ここまでのものができあがるとは思ってなかったんじゃが……」

闇の精霊が驚愕の声を上げた。俺も自分が使った創造魔法の力に驚いていた。

魂にこれ以上ないほどぴったりした身体だ。普通に生きている人間にも、多少歪《ゆが》みがあったり、老いと共に魂と身体にズレが生まれたりするのに、創られた身体はそのズレが一切なかった。

「アルは全ての神々に加護を授かった神子よ」

ルミエが誇らしそうに言った。

「なんと……全ての神々とな。それならば、その膨大な量の魔力も納得じゃ」

話している二人をよそに、俺は創り終えた身体に魂を入れる。すると、魂はそのまま綺麗に身体に馴染《なじ》んで穏やかに息をし始めた。それを見た闇の精霊が言う。

「一週間くらいは目を覚まさないじゃろう」

「わかった。手伝ってくれてありがとう」

俺がお礼を言うと、闇の精霊がキョトンとした顔になった。

「お主、妾と契約しないのか？」

闇の精霊の言葉に、むしろ俺は「え!?」と驚く。

「契約してくれるの？　プライド高そうだし、てっきり嫌なのかと思ったんだけど」

「お主と一緒にいたら面白そうだからの。妾は確かにあまり契約が好きではないが、お主ならしてやろう」

どうやら闇の精霊に認めてもらえたようだ。俺は早速闇の精霊と契約を結ぼうとするが、ルミエが割って入ってきた。

「ちょっと待って！　私がいるのに闇の精霊とも契約するの!?」

「ダメだったかい？」

「ダメっていうか、光と闇は仲が悪いのよ。お互い正反対のものを司っているからなのだけれど」

「なるほど……」

確かに光と闇が仲よくしているイメージは思い浮かばない。

「でも、僕は皆と仲良くしたいな。ダメかな？」

「うう、そんな目で見られたらダメなんて言えないわよ……」

俺が上目遣いでお願いすると、ルミエはふるふるして呟いた。

「ありがとう！」

「その代わり、あとで私のお願いを聞いてくれる？」

「もちろん！　僕にできることならなんでもするよ」

「ふふ、ありがとう」

「話はいいか？」

闇の精霊がなぜか不機嫌そうに聞いてきた。ルミエと話していると他のことが見えなくなるな……俺は闇の精霊に謝る。

「ごめん。契約するには名前が必要だよね。名前か……そうだな……」

うんうんと唸《うな》りながら考えていると、ぴったりの名前を思いついた。

「そうだ！　マレフィでどう？」

「マレフィ、マレフィか。いい名前じゃの」

その瞬間、マレフィの身体が眩しい光を放った。

光が収まったあとには先ほどまでの幼い姿はどこにもなく、代わりに真っ黒なドレスとくるくるした長い髪の、怪しげな美しさを纏う美女が立っていた。

「マ、マレフィ？」

「ま、まさか……」

戸惑う僕とハッとした表情のルミエ。マレフィは意外そうな顔で言う。

「む。上級精霊に進化したようじゃの。それにしても契約した瞬間に進化とは……はーはっはっは！　本当にお主は面白いの！」

「上級精霊に進化⁉」

マレフィの言葉に俺は呆然とする。ルミエはなぜか悔しそうな表情を浮かべていた。

「ルミエの時はなかったのに、どうしてだろう」

「お主、そやつと契約したのはいつじゃ？」

「五年前だけど」

「その時はまだお主のステータスが低かったのじゃろう。あとは先ほど創造魔法を発動したことも、お主のステータスを大幅に上げたのじゃと思うぞ」

マレフィが彼女の考えを述べる。

まあ、そんなものか。納得した俺は、ふとルミエの方を見てぎょっとする。

彼女は顔を真っ赤にしてふるふる震えていた。

「なんでこんな奴がアルに進化させてもらってんのよー！！！」

静かな夜に、ルミエの絶叫が響き渡ったのだった。


「と、まあそんな感じで、ダークさんの身体を創らせてもらいました」

一通り説明し終わった時、ダークさんは諦めの表情を浮かべていた。

「わかった。いやわかってないけど、わかったよ。信じたくはないが、実際起こってしまっているから信じざるをえないしな」

「そうですね、僕も信じてくださいとしか言えませんし」

俺は苦笑いする。こればっかりは正直、上手く説明できそうにない。

「だが、俺が生きてていいのだろうか。罪もない人間を殺してきた俺が幸せになることは、許されないと思う」

ダークさんは悲しげに呟いた。罪悪感が押し寄せて、今すぐにでも死んでしまいたい。そう思っている顔つきだった。俺は少しばかりむかついて、きつい口調になる。

「あなたが死んだらなんなんですか？　殺された方々は、あなたが死ねば浮かばれるのでしょうか？　確かにあなたを殺したいほど憎《にく》んでいる人もいると思います。ですが、あなたが死んだら、残されたシエルさんはどうするんですか？」

黙り込んだダークさんに向けて、俺は続ける。

「あなたが死んでも、起きてしまったことがなくなるわけではないのです。だったら、シエルさんのために生きて、人のためになることをするのが最大限の贖罪《しょくざい》だと僕は思いますが」

ダークさんはハッとした表情になった。そして次に口を開いた時には、迷いはすっかり消えていた。

「そうだな。お前のおかげで目が覚めた。俺はシエルのためにも生きなきゃいけない。だから生きて償《つぐな》っていく。大事なことを教えてくれて、ありがとう」

「い、いいえ、僕が言いたかっただけなので気にしないでください」

頭を下げられて、少し戸惑ってしまった。

「ただ、今頃シエルがいないことに闇ギルドが気付いて騒いでそうだな。このままだと俺まで生きていると疑われかねない。どうしたものか」

「あ。えーっと、そのことなんですが……」

俺は思わず言いよどむ。言いづらい、めちゃめちゃ言いづらい！

「どうした？　なんかあったのか？」

「闇ギルドも壊滅させました……」

「はっ？」

ダークさんが、こいつは何を言っているんだ？　という顔になった。当たり前だ、俺だって他の人から聞いたらその人の正気を疑う。

ダークさんの身体を創ったあと、俺は急いでノットさん達と合流した。

彼らと共にファングさんを王都に送り届けた後、俺はダークさんの記憶を頼りにシエルさんを迎えに行き、同時にダークさんが所属する闇ギルドを壊滅させた。

「あの闇ギルドはダークさんがもたらす利益を独り占めしたかったらしく、あなたの情報を他の闇ギルドには隠しているようでした。これでもう追われることはないはずです」

「そこまでしてくれていたとは……本当にありがとな。お前、いや、あなたのおかげでシエルをこれ以上悲しませなくて済みそうだ」

「そうだ、じゃなくて、そこはちゃんと言い切ってください」

「そうだな。悲しませないようにするさ」

そう言って、俺達は二人で笑い合った。お互いの秘密を共有したからか、友人のように思えてくる。

「そういえば、ダークさんはこれからどうやって生活していくつもりですか？」

「冒険者にでもなって人並みの生活を送るさ。シエルにも苦労をかけたからな。幸せにしてやりたいし」

「そうですか……」

それなら、と俺は提案してみることにした。

「シエルさんに僕の家でメイドとして働いてもらっても構いませんか？」

「メイドか？　シエルがいいと言うなら俺は構わないが……そもそもメイドが必要なのか？」

そういえば、最初の自己紹介の時には名前しか言ってなかったな。

「すみません、急にこんなことを言われたら戸惑いますよね。僕の本名は、アルライン・フィル・マーク。マーク侯爵家の三男です。ですから、メイド一人くらい問題なく雇えますよ」

ダークさんが唖然とする。

「……貴族だったのか。それなら頼む。シエルもいつまでも俺のそばにいるのは疲れるだろうしな」

「そんなことないと思いますが……まあとで聞いておきますね」

「あと俺からお願いがあるんだが、聞いてもらえないだろうか？」

ダークさんはそう言って、いきなり頭を下げてくる。

「俺、いえ、私をあなたの部下にしてもらいたい。助けてもらって何も返さないのは私のプライドが許さないし、あなたなら主人にふさわしいと思った。仕えさせてほしい」

言葉遣いまで改めて、ダークさんは頼んできた。これにはさすがに驚くしかない。

俺は少しの間考えたが、すぐに結論は出た。

「もちろんです。ただ、特にこれといった仕事があるわけではないので、しばらくは情報収集をメインに行ってもらうことになりますが、それでもいいですか？」

「ああ、少しでもあなたの助けになるのなら」

「その気持ちだけで十分ですが」

俺は苦笑いしながら言った。

ダークさんの目は真剣で、しかも少しだけ、ほんの少しだけ熱を持っていて、これはもしかしたら人生初の崇拝者《すうはいしゃ》ができてしまったかもと嫌な予感が頭をよぎった。

すると、ダークさんは胸に手を当てる。

「私はアルライン様に忠誠を誓います。この命、いかようにもお使いください」

「嬉しいけど、命は大切にしてくださいね。それと僕がもし道を踏み外しそうになったら、止めてください」

「はっ！　誠心誠意努めさせていただきます」

ダークさんとの出会いは俺に多くのものをもたらすと共に、これから何かが起こる、そんな予感を抱かせたのだった。

†

　リルベルト王国の王城にて、一人の男が長く豪華な廊下を急いでいる。すれ違うメイド達は皆、普段と違う男の様子に不思議そうに首を傾げていた。男――宰相、ポルト・フィル・マーベルは城の中でも一際豪華な部屋に入り、そこにいた身なりのいい別の男に告げる。

「陛下！　ネブラヘルドの町の闇ギルドが壊滅させられたそうです」

「何⁉　それは真《まこと》か⁉　誰がやったのじゃ⁉」

　陛下と呼ばれた男――リルベルト王国国王、スタン・フィル・リルベルトは驚いた様子で、ポルトに尋ねた。

「はい、確かです。ただ、誰がやったのかはわからないとのことで……」

「そんなことがありうるのか？」

　闇ギルドを壊滅させるなど、よほどの出来事だ。それなのに誰の仕業《しわざ》かわからないという状況は、不気味だった。

「はい。幹部含め全員が気絶して縛られた状態で見つかったらしく、書類などは全てなくなっていたそうです」

「他の闇ギルド、あるいは組織の報復の可能性が高いな。早急にネブラヘルドの警備を増強せよ。確率は低いだろうが、万が一町に何かあってはたまらないからな」

「承知しました」

「で？　宰相、お主のことだからもう少し情報があるのだろう？」

その言葉に、ポルトは苦笑した。

「さすが、お見通しですな。その闇ギルドに所属していた『黒』が前日にプレトンの町と王都の間にある宿場町でやられたそうです」

「何⁉　あの黒が……あやつは強すぎて、今まで捕まえることすらできなかったはずだが……何があったのだ？」

「黒はその日、スカーレット商会の会長を襲ったそうなのですが、護衛の冒険者たちから黒を消滅させたという報告が冒険者ギルドに上がったみたいです。そして、その護衛の中にBランク冒険者のアルラインがいたことまで掴むことができました」

それを聞くと、スタンが目を見開いて固まった。そして次の瞬間――

「はっはっはっはっ！」

急に大笑いし始めた。

「それはエルバルトのところの『神童』ではないか！　まさか黒を倒すとはな。あいつが言っていたことはただの親バカだと思っておったが、これは本当かもしれんのう」

スタンは、目を輝かせて少年のような表情で言った。

「はい。もしかしたら闇ギルドの壊滅にも関わっているかもしれません。ただ今回は黒を身体ごと消滅させてしまって討伐証明ができないらしく、実績にはなっていないそうです」

それを聞いてスタンは残念そうな表情になる。

「そうか……ぜひ、王国に取り込みたいのだがな」

「消滅させたということは、本人に権力に対する欲はないのかもしれませんね」

「それでは困るのだよ。エルバルトが言っていた話が本当なら、相当な戦力になるのだ。他国に取られるわけにはいかない」

スタンは、思案するように顎《あご》に手を当てる。

「それでしたら、そろそろ学園に入学するでしょう。学園での様子を見てからでも遅くはないのでは？」

「それしかないだろうな」

「入学パーティーもありますから、接近する機会は多いかと」

そうして、二人は怪しく笑い合った。

†

「閣下《かっか》。ネブラヘルドの闇ギルドが壊滅させられました」

「なんだと!?」

ある貴族の屋敷にて、当主の男は報告を受け、難しい表情になる。

「幹部達はどうなったのだ？」

「全員捕まったそうです。中にあった書類もなくなっていたと……」

そう報告する執事の表情に特に変化はない。

「私の関与は知られているのか？」

「いえ」

「そうか。これは例の計画を実行に移す他あるまい。いくつかの書類があやつの耳に届くことがあれば、私は生きていられないだろう」

男が暗い表情で呟くように言うと、執事は頷いた。

「かしこまりました。早急に準備いたします」

「三ヶ月後までに終わらせてくれ」

「そのように取り計らいます」

執事が退席すると、男は心を落ち着けるようにワインをゆっくり飲んだ。

「大丈夫だ。ようやく私の念願が叶うのだからな」

その呟きは部屋に静かに沈んでいった。

第六話　学園生活の幕開け

「貴様！　僕と決闘しろ！」

俺――アルラインは今、王立魔法学園の合格発表に来ていた。そこで紫の髪の少年、ラヴィエル・フィル・モルトという伯爵家の嫡男《ちゃくなん》に絡まれていた。

「どうした!?　貴様が不正をしていないと言うなら、その力を示せばいいだろう！　まあ、平民の貴様が貴族である僕に勝つなど到底無理だろうがな」

そう、なぜかこいつは俺が平民だと勘違いしており、そのうえ入学試験で不正をしたと思っているのだ。

「はぁ、別にいいけど、僕が勝ったらもう絡んでこないでね」

俺がため息をついて言うと、ラヴィエルの取り巻きらしい少年が憤慨したように突っかかってくる。

「貴様！　ラヴィエル様になんという言葉遣いを！」

「いい、気にするな。平民が正しい礼儀など持ち合わせているわけなかろう。しかも不正をするような奴なのだから」

「そ、そうですね。おい、貴様！　ラヴィエル様の寛大な御心《みこころ》に感謝しろよ」

こいつらはどんだけ平民を貶めれば気が済むのだろうか。周りの目もかなり厳しくなっていた。

「僕が勝ったら貴様はこの学園を退学しろ！」

ここまでくると、俺が侯爵家の三男だと知ったらどういう反応をするか楽しみである。

しかし、本当にどうしてこうなったんだ……


ラヴィエルに絡まれる一週間前——

俺は王立魔法学園に、入学試験を受けに来ていた。

ここは、王国最高峰の学園で基本的に貴族、平民関係なく実力主義である。この学園を卒業した者は将来が約束されたようなものなので、王国各地から受験生が集まり、倍率がとても高いことで有名だ。だが、実際受けに来てみると、筆記試験の問題は前世の小学生レベルだった。

この世界の識字率はとても低い。また、計算も二桁以上のものになると、できる人が大幅に減るらしい。筆記テストをなんなくこなした俺は、続けて実技テストに挑んだ。

こちらは筆記試験と打って変わって、宮廷《きゅうてい》魔術《まじゅつ》騎士団《きしだん》の団員との模擬戦というハイレベルな試験になる。魔術騎士とは魔法と剣両方を用いて戦う騎士のことを指す。魔法と剣術の双方において高度な技術が必要なため、総じて皆戦闘力が高く、受験生レベルで勝てる相手ではない。つまり勝てば合格ではなく、試験官の裁量次第なのだ。

受験生は相手を殺す気で戦うのだが、それでも一分持つかどうかであった。さらに——

「我に従いし炎よ、我が敵を燃やし尽くせ。〈炎竜巻《ファイヤートルネード》〉！」

「吹き荒れる大風よ、我が手に収束し刃を放て。〈風刃・強《ウィンドスラッシャーストロング》〉！」

受験生の詠唱が厨二病《ちゅうにびょう》チックなのである。

なんでこんなに恥ずかしい詠唱を唱えられるんだ⁉　俺は内心で頭を抱えてしまった。

だが、実を言うと十歳でこのレベルの魔法を使えるのは優秀なのである。詠唱も速く正確に唱えられているし、簡単な魔法に関しては皆無詠唱だ。詠唱を省いて魔法を発動する技術は、子供にはかなり難しいのだけど、それをなんなくこなしている。今まで俺は強力な魔法を無詠唱でポンポン発動していたが、それは俺のステータスが高かったり加護を持っていたりするからだ。

とはいえ受験生に対する試験官は、剣を使って簡単に魔法をいなすは、詠唱中に魔法を放つはと、明らかにレベルが違った。

さすが、宮廷に仕える魔術騎士だなぁ。

「次、千二百十三番！」

「はい！　よろしくお願いします！」

俺の番が来たようだ。勝ったらさすがに目立つから、合格できそうな手応えが得られたら負けるべきだな。所定の位置に立つと、試験官がおやという表情を浮かべる。

「ん？　君は……そうか、あいつが言っていたのは君のことのようだね」

「な、なんでしょう？」

いきなりよくわからないことを言われた。この人、俺を知っているのか……？

試験官は笑って首を横に振る。

「まあ、気にしなくていいさ。ただ、決してわざと負けることはしないように。全力で勝つ気でおいで。怪我しても、この試験場に張られた結界から出ればなかったことになるしね」

「は、はい……？」

これは負けにいってバレたら落とされるのか？　わざと負けるなよ、なんて受験生に言う言葉じゃないよな……？

ちなみに結界は古代遺物《アーティファクト》によるもののようだ。

はるか昔、今よりももっと魔法が栄えていた時代に作られた魔道具は現代の魔道具よりもはるかに高性能で、古代遺物《アーティファクト》と呼ばれている。現存している古代遺物《アーティファクト》は希少で、王家や、貴族が保有しているものがほとんど。それがここにあるというのは、国がこの学園に力を入れていることの証明に他ならなかった。学園にある古代遺物《アーティファクト》は、即死でなければ結界内で受けた傷全てをなかったことにするという優れ物。入学試験では戦闘の実技テストがあるので、受験生に万が一がないようにこういった対策が取られている。

まあ、とにかく、だ。試験官が全力で来いと言うのならしょうがない。落ちたら嫌だし、目立ってしまうが勝ちにいこう。

「行きます！」

一応宣言して、身体強化魔法を使い、瞬時に相手に肉薄した。

「はは、速いね！」

試験官は楽しそうに俺の剣を受け止めた。そのまま高速で打ち合いが始まる。

剣の技量の高さに驚く。

この人やばくないか⁉　まだ二割しか〈身体強化《ブースト》〉をかけてないけど、なんで純粋な剣士じゃない人が普通に追いついてくるの⁉

「君の実力はこんなものかい？　これでは私を倒せないよ」

「そんなわけないでしょう！」

しょうがない、もう少し力を見せることにしよう。

俺はタイミングを見計らって、魔法を大量に放つ。

「おっと！　君、無詠唱でこのレベルの魔法を使えるのはおかしくないか⁉」

ようやく試験官に焦りが見えてきた。しかし——

「そんなこと言っときながら、全部弾くあなたもおかしいと思いますが！」

そう、俺の魔法は全て剣で弾かれていた。

この人、本当におかしくないか？　まさか俺と同じ転生者とか？

少しだけ魔眼に魔力を通して鑑定する。

ステータス

【名　前】ランスロット・フィル・バーボン
【称　号】剣《けん》を極《きわ》めし者《もの》　宮廷魔術騎士団団長　魔《ま》法《ほう》の申《もう》し子《ご》
【Ｌ　Ｖ】84

【魔力量】24678
【適　性】氷　水　風　雷

転生者ではないようだけれど、普通にステータスが異常だった。なぜこの国最強の宮廷魔術騎士団団長が試験官などやってるんだ。

宮廷魔術騎士団とは他の騎士団や魔法師団よりも圧倒的に強い部隊である。そこの団長は王国最強と名高く、何かと世情に疎い俺ですら知っていた。

この人が試験官とはついてないな……俺はため息をついて、三割、四割と身体強化魔法に徐々に魔力を込めていく。

「っ!?　速っ！　まだ本気じゃなかったのかよ。化け物かい!?」

「あなたに言われたくありません！」

身体強化を上げたことで、ようやく終わりが見えてきた。ランスロットさんが俺の動きに追いつけなくなってきたのだ。

「これで終わりです！」

パキン。ランスロットさんの剣が折れ、俺は彼の首元に剣を突きつけた。

「参った。まさかこれほどとは」

ランスロットさんが笑顔で折れた剣を拾う。俺は改めて尋ねる。

「僕のことを知っているのですか？」

「私はランスロット・フィル・バーボン。宮廷魔術騎士団の団長をしている。君の父、エルバルトとは友人なのだよ。会うたびに君のことを褒めちぎっていたのは親バカかと思ったが、本当だったようだ」

「……父がすみません」

父上はランスロットさんに何を吹き込んだのだろうか。気になるが、怖いから聞かずにおこう。

「とりあえず、これで試験は終わりだね。一週間後が結果発表だから忘れずに来るように」

「わかりました。ありがとうございました」

俺はランスロットさんに礼を言って帰ろうとするが、ふと周囲がしんと静まり返っていることに気が付いた。

やばい！　集中しすぎて気にしてなかった！

十歳の子供が宮廷魔術騎士団団長を下すなど、ありえない。

俺は青ざめて、逃げるように試験会場をあとにした。


そして今朝、結果発表を見に学園に来たのだ。

結果は首席。特別待遇生なるものになっていた。

目立ちすぎてしまったと俺が少し落ち込んでいるところに——

「そこのお前、不正をしたそうだな！」

と声をかけてきたのが、ラヴィエルだったというわけ。

「君達、決闘をするのかい？」

ラヴィエルとの決闘をどうしようかと考えていると、突然一人の男が割って入ってきた。

「そうですけど、誰で……!?　あなたは！」

そこにいたのはあの試験官、ランスロットさんだった。

「ご無沙汰しております。確かに決闘しようとしていましたが、それがどうかされましたか？」

俺の時とは違う丁寧な口調でラヴィエルが尋ねると、ランスロットさんは笑顔で首を横に振る。

「いいや。この学園は実力主義だからね、決闘はむしろ推奨されている。ただ、ここでやると周囲に被害が出てしまうからね。学園の訓練場まで案内しよう」

「本当ですか！　ありがとうございます。私の魔法は強いですからね、確かにここでは危なかったかもしれません」

「はは。そうだね」

ラヴィエルの言葉にランスロットさんは面白そうな笑みを浮かべた。

いや面白がってないで助けてくれませんかね？

あなたは俺の実力を知ってるんだから説明してくれたら楽だったんですが。俺はジト目で睨むが、笑ってスルーされた。

「君もそれでいいね？」

ランスロットさんが俺に話を向けてきたので、渋々頷く。

「よくはないですけど、助けてもくれなそうなので諦めます」

「貴様、ランスロット様になんて言葉遣いを！」

ラヴィエルが激昂するが、ランスロットさんは受け流す。

「いいのさ、別に気にしていないからね」

「そ、そうですか……」

ラヴィエルとその取り巻きが思い切り睨んでくるけど、無視しておこう。

「それじゃあ、ついておいで」

ランスロットさんについて訓練場に行く最中、マレフィと契約した日からなぜかずっと俺のそばについて離れないルミエが、不満そうに呟く。

『アルが不正なんてするわけないじゃない』

契約した精霊と声を出さずに話せる念話は、とても便利だ。

『ふん！　人間とは矮小《わいしょう》なものよな。すぐ自分の力を誇示したがる』

『そんな人ばかりではないのだけどね』

苦笑いしながら答えた俺の言葉に、マレフィは理解できないというように首を横に振った。

『そういえば、なんでラヴィエルは僕を平民だと思ったんだろう？』

それが、ずっと不思議だった。そもそも合格発表の場でも、ファーストネームしか掲示されていなかったから平民か貴族かなんてわからないはずなのだ。

『気付いておらんかったのか？　耳を澄ましてみると良い。面白いぞ』

ククッとマレフィが笑っている。彼女の言う通り耳を澄ますと、少し離れたところにいる貴族の子女らしき集団の会話が聞こえてきた。

「ねえねえ、あの方、ランスロット様じゃない？」

「本当だわ！　はぁ、お綺麗ですわね」

「あの後ろにいるのはラヴィエル様よね？　なんで一緒にいるのかしら？」

「また平民に対して差別発言でもなさったのではなくて？」

またっていつも言ってるのか。本当に最低だな。

「あら、一緒にいらっしゃるのはあの殿方では？」

ん？　あの殿方？

「ええ、あのお方だわ！　前髪で右目を隠しているのがミステリアスと噂になっておりましたね！」

「特別待遇生らしいですわよ」

「優秀なのですね！」

「とても美しい方ですけど、どちらのご子息かしら？」

「なんでも、入学試験も今日の合格発表も歩きで来たらしいわ」

「なんですって⁉」

「あの方が平民とでも言うのですか⁉」

右目を隠してるってことは俺のことか……ってそうだった！　貴族の子息が馬車で来ないなんて普通ありえないんだった！　徒歩だったからラヴィエルに平民と間違われたのか。

『でも、なんでこんなに注目されてるんだ？』

首を傾げると、今度はルミエに呆れられた。

『アル、あなたは結構目立つのよ。ただでさえかっこいいのに、右目を隠しているミステリアスな感じに興味をそそられるの』

『別に僕よりかっこいい人なんてたくさんいると思うけどな』

『アルは自覚がないから困るのよね』

『いいではないか。こやつはそれが面白い』

精霊達と念話でそんな会話をしていると、前を歩いていたランスロットさんが振り向いた。

「ここだよ」

そう言ってランスロットさんが指し示す先にあったのは、多くの学園生が魔法の訓練を行う、前世で言う体育館のような場所だった。ここが訓練場なのだろう。

「皆！　訓練中すまない。今から新入生同士の決闘を行う。中央を空けてくれ！」

ランスロットさんが大きな声で呼びかけると、ざわめきが起きながら中央に大きな空間ができた。

「今年もそんな奴がいたのか」

「去年のチャドとグラムの決闘を思い出すな」

「血の気が多すぎるんだよ」

「まあ、今の内に実力をはっきりさせとけば楽だからな」

学園生の声がちらほら聞こえてくる中、ラヴィエルと俺は訓練場の中央に立って向かい合う。

「うん？　君一人じゃ僕に勝てないよ？　めんどくさいから取り巻きも一緒にかかっておいでよ」

俺は親切心から提案した。あとで文句言われても困るしな。

しかし、ラヴィエルはそう受け取らなかったらしい。

「貴様！　どれだけ僕を愚弄《ぐろう》すれば気が済むんだ！　貴様など僕一人で十分だ！」

「君がいいならそれでいいけど……」

すると取り巻き達がわめき出す。

「ラヴィエル様、ここは僕達も出させてください！　ここまでラヴィエル様をバカにされて黙っていられません！」

「そうです！　俺も出ます！」

「こんな奴、ラヴィエル様が手を出す必要ありません」

「平民の魔法なんてわかりきっていますよ」

それを聞いて、俺は再度ラヴィエルを見て言う。

「ほら、せっかくなら彼らも参加させなよ」

「むっ……しょうがない。弱い者イジメみたいで気が進まないが、貴様にはいい薬になるだろうな。よし、お前らも相手してやれ！」

「「「はい！」」」

ぞろぞろと前に出てきた取り巻き達を見て、周囲がざわめく。

「一対多数だと？　何考えているんだ、あいつ」

「さすがに無理だろ。ランスロット様は止めないのか？」

「これは瞬殺されるな。バカなことを」

多くの者が訝しげにランスロットさんを見る中、一人の女性が駆け寄ってきた。

「ランスロット様！　確かに決闘は推奨されておりますが、これはあんまりです！　今すぐ止めるべきです！」

「大丈夫ですよ、リューナ先生。古代遺物《アーティファクト》の結界も起動させますし、彼の実力は確かですからね」

どうやら学園の先生らしい。それでも女性は食い下がる。

「しかし！」

「まあ、もし本当にまずい状況になったら、私が止めに入りますよ」

ランスロットさんの顔を見て止めても無駄だと悟ったのか、リューナ先生と呼ばれた女性は渋々引き下がった。ランスロットさんが俺とラヴィエルに尋ねてくる。

「用意はいいね？　古代遺物《アーティファクト》を起動させたから怪我をしても大丈夫だ。お互い悔いの残らぬよう、全力で取り組むこと」

「「はい!!」」

ランスロットさんが大きく息を吸い込んだ。

「それでは、始め！」

——瞬間、訓練場は重苦しい空気に支配された。

「これは……」

「貴様！　何をした!?」

ランスロットさんが呟き、ラヴィエルが叫んだ。

「そんなこともわからないの？　さっきまでの威勢が嘘みたいだね」

「き、貴様……！」

今この訓練場でまともに立っているのは、俺とランスロットさんだけであった。他はリューナ先生も含めて腰を抜かして座り込んでいる者ばかり。そんな中で杖を床に突き刺して、なんとか堪えているラヴィエルの実力は確かなのだろう。

俺がしたことは簡単だ。膨大な量の魔力を振り撒《ま》いただけである。

いつもは魔力量を悟られないよう隠蔽《いんぺい》しているが、今回は今後絡まれないようにするためにもラヴィエルを圧倒する必要があった。

周囲の人々は、訓練場全体を覆うほどの魔力に本能的な恐怖を感じているのだ。

俺は震えているラヴィエルに向けて、笑顔で言う。

「終わりでいいかな？　その様子じゃ戦えないだろうし、取り巻きなんて座り込んじゃってるしね」

「ぬかせ！　こんなところで終われるか！」

「ふーん。じゃあどうするの？」

ラヴィエルが震えながら杖を構えた。

武器は人によって違う。ただ、剣が使えない魔法使いは杖を使うことが多い。杖は魔法の発動速度を上げることができるからだ。

俺もランスロットさんも剣を使うが、魔法学園というだけあって杖を使っている人は多い。

その中でもラヴィエルの杖はかなりの上物である。もしかしたら何か特殊な効果があるかもしれないので、少し警戒する。

「喰らえ！　我が黒き炎よ、万物を燃やし尽くせ。〈獄炎《インフェルノ》〉！」

「ちょっ、君！　周りも巻き込むでしょうが！」

ラヴィエルが発動した巨大な黒色の炎が、襲いかかってきた。

まさかだった。火属性の上級魔法〈獄炎《インフェルノ》〉は学園生が使うレベルのものではない。高レベルの魔法使いのみが使えるもので、莫大な魔力と高度な魔力操作を必要とする。

ラヴィエルは持てる魔力を全て出し切ったようで、その場に座り込んでいるのが視界の端にちらりと見えた。だが、今は彼を気にしている場合ではない。ここで俺が避けてしまえば観客に被害が出る。結界があっても即死ではきっと対応できないだろう。できることは一つしかなかった。

「ああー！　もう！　〈黒穴《ブラックホール》〉！」

俺が唱えると、目の前の空間が揺らぎ黒い穴が口を開ける。

これは前に、自分が入ることができる別空間を作れないか試行錯誤した時に、失敗して創り出してしまった魔法だ。しかし失敗とはいえ、空間を創り出す魔法はこの世界には存在しないと言われている。また、周りから何か言われそうだな……

そんなことを考えながら、〈獄炎《インフェルノ》〉が吸い込まれていくのを見守った。

「なんだよ、それ……」

座り込んだラヴィエルは、愕然とした表情で〈獄炎《インフェルノ》〉が消えた空間を見つめている。

「君さ、今の魔法、もし僕が対処できなければ他の人も巻き込んで、最悪殺しかねなかったんだよ。そこのところをしっかりわかってる？」

「僕はそんなつもりじゃ……」

「君にそんなつもりがなくても、少し考えればわかるよね？　決闘はそもそも相手を殺すことは禁じられている。この火力の魔法は僕でなければ死んでいたからね？」

「そ、そんな……」

さすがにそのような意図はなかったのだろう。ラヴィエルは顔を歪めて泣きそうになっている。偉そうにしていてもまだ十歳なのだ。俺ははぁとため息をついて言う。

「まあ、こんな魔法を使えるくらいには才能があるんだから、相手の実力を見極めることができればもっと強くなれると思うよ」

「……」

ラヴィエルは黙り込んでしまったが、もう気にしないことにした。まだ子供、難しいことを言ってもわからないだろう。

「終わりでいいですかね？」

「あ、ああ」

固まっていたランスロットさんに声をかけると、動揺した顔でこちらを見ていた。空間を創り出す魔法なんてものを使ったのだから予想はしていた。

「しょ、勝者アルライン！」

ランスロットさんが宣言するが、歓声も拍手もなかった。そこにあるのは畏怖《いふ》の目線のみ。

俺は何も言わずに訓練場をあとにした。

†

「彼は何者なんだ」

ようやくざわめきを取り戻した訓練場で、ランスロットは一人呟いた。

存在しないはずの魔法を使えることにも驚いたが、それ以前にあの膨大な魔力。この訓練場を覆い尽くすだけの魔力を持っている者など見たことがない。正直立っているだけで精一杯だった。

「これは報告しないとだね」

ランスロットは足早に訓練場を出ようとする。

「ランスロット様、さっきのは……ってどこに行かれるのですか⁉」

リューナの声が聞こえてくるが、今はそれに答えている余裕はない。

「エルバルトもこんな重要なことを隠さなくてもいいだろうに」

無意識に笑みが浮かぶ。魔法の未知の領域を覗いたことで、ランスロットの心は躍《おど》っていた。

†

ラヴィエルとの決闘を終えた俺――アルラインは無事に屋敷に帰ってきた。あんなトラブルに巻き込まれるのは、もうこりごりだ。

「おかえりなさいませ、アルライン様」

「ただいま、シエル。父上と母上はどこにいるかな？」

「旦那様は王城に行かれました。奥様方はリリー様の私室でお茶を楽しんでおられます」

「わかった。ありがとう」

シエルは、先日ダークを助けた際にメイドとして我が家で雇うことになり、今はマリーが指導役として仕事を教えている。ただ、シエルは教えられたことをすぐに吸収するようで、そろそろ指導がなくても大丈夫そうだと報告を受けていた。シエルは「それと」と声を潜めて言葉を紡いだ。

「兄から手紙が届いております」

「ダークから？　定期報告のタイミングではないはずだけれど……わかった。ありがとう」

あの事件のあと、俺個人に仕えることになったダークには諜報活動をお願いしていた。同時に俺は彼に対して砕けた口調に、ダークは以前よりも丁寧な口調になった。

ダークからは一週間に一度、定期報告が来る。他の貴族の様子や学園の生徒について、うちの屋敷の使用人の動向など、怪しいことがあれば調べて報告してくれていた。

さすが暗殺者として一流だっただけあって、普通では知ることのできない情報まで細かく調べ尽くされていて、一回目の報告では唖然としてしまったものだ。

そんなダークからの定期報告以外での連絡だ。警戒しないわけがない。

俺はシエルから手紙を受け取ると、ひとまずポケットにしまって、母上の部屋に向かった。

「母上、アルラインです。入ってもよろしいでしょうか」

「どうぞ」

部屋に入ると、リリー母上とマリア母上が微笑んで迎えてくれた。

「おかえりなさい。結果はどうだったの？」

「無事合格していました。首席でしたよ」

「まあ！　おめでとう！　さすが私達の息子ね」

自分のことのように喜んでくれるリリー母上に自然と笑みがこぼれる。

「おめでとう、アル。ただ、ここで気を抜いてはいけませんよ。しっかり学園で勉強して、より高みを目指すように」

「もちろんです」

マリア母上からありがたいお言葉をいただいた。リリー母上とは対照的な態度に、彼女の厳しい性格が表れていて思わず苦笑する。

「マリアは厳しすぎるのよ。こういう時はまず喜ぶものでしょう？」

リリー母上が呆れたように言った。

「アルは家を継げないのだから、しっかり勉強しておかないと将来困りますよ」

「そう言って、バルトの時もライトの時も厳しかったじゃない」

「当たり前でしょう。あの二人は将来ヴェルト領を背負っていくのです。無能な領主ほど領民にとって悪いものはないのですから」

「そうなのだけれどね。次男のライトも将来は領主補佐でしょうし。でも、三人共しっかりしているのだから心配しすぎだと思うわ」

リリー母上はマリア母上に反論するが、マリア母上は譲らない。

「あなたは甘いのです。貴族の世界だろうが冒険者の世界だろうが、賢くなければ生きていけないのですよ」

マリア母上も負けじと言い返した。聞くところによると、この二人は小さな頃からの親友らしい。遠慮しないで言い合える仲のようで、よく今みたいな会話をしている。

喧嘩するほど仲がいいとはこの二人のことを言うのかもしれないと思いながらも、この調子だとあと何時間続くかわからないので、俺は二人の会話に割って入る。

「リリー母上、マリア母上、僕はやることがあるのでこれで失礼します」

「あ、アルちゃん、入学式の日に王城でパーティーがあることは知ってるかしら？　魔法学園の新入生歓迎パーティーよ」

「え……？」

俺はリリー母上の言葉に首を傾げた。それは初耳だ。

「その様子だと知らなかったようね」

「はい、知りませんでした」

「魔法学園に入学しようとする子の中には、このパーティーが目的の子も少なからずいるのだけれどね」

リリー母上は苦笑いした。世間知らずでごめんなさい。

「魔法学園に入学できる子達は優秀だから、王国の将来を担うことになる子も多いわ。だから、激励の意味を込めて王城で歓迎パーティーを催すのが恒例になっているのよ。ちなみに国王陛下も参加されるわ」

「なんですかそれ!?」

俺は悲鳴のような声を上げてしまった。パーティーに出席するってだけで憂鬱《ゆううつ》なのに、国王もいるとか……前世では一般人だった俺にはハードルが高すぎる。

「それを欠席することは……」

「できないですよ。むしろ、今回の主役はアルと言っても過言ではないのです」

マリア母上が首を横に振って言った。

「首席だからですか……」

「ええ」

思わずその場に座り込んでしまった。なんで首席になってしまったのだろうか。こんなことになるくらいなら、ランスロットさんに負けておけば良かった。

「と、いうことで」

リリー母上の満面の笑みに嫌な予感がした。

「今からパーティーに着ていく服を決めます」

「べ、別に今持ってるものでも……」

俺がこんなにたじろいでいるのには、理由がある。

貴族が服を決めるのは大変なのだ。採寸して色と形を見ていくつも試着して……一着決めるのに二時間以上かかり、とても疲れる。正直やりたくない。しかし、現実は非情だった。

「ダメです。もう人を呼んであるので行きますよ」

「……はい」

逃げ道はとうの昔に塞がれていたようだった。


「酷《ひど》い目に遭《あ》った……」

ようやくリリー母上とマリア母上から解放され、クタクタになりながら部屋に戻ると――

「……何してるの？」

目の前で物が飛び交っていた。

「あ、アル！　服選びは終わ……キャッ！」

「ふっ、妾の前でよそ見をするとは良い度胸よの」

マレフィに枕を当てられたルミエがふっ飛ばされ、マレフィはふんっと胸を張った。

……なんじゃこりゃ。二人が、魔法で物体を浮かせて飛ばし合っていて、部屋はひどく散らかっていた。

「よくもやってくれたわね！　おりゃ！」

「ちょ、ちょっと待って！」

ルミエが仕返しとばかりに投げた本を、慌てて二人の間に入ってキャッチ！　……しようとしたが、思いのほか威力が強く、キャッチできずに本と共に壁に叩きつけられる。

「「アル!?」」

「ゲホッ。あー死ぬかと思った」

叩きつけられる寸前に背中側に魔力を集めたおかげで怪我はなかったが、壁に半《なか》ばめり込んでしまい土埃が舞った。

今気が付いたが、ルミエとマレフィはわざわざ結界を張って音が外に聞こえないようにしていたらしい。だが、叩きつけられた衝撃でその結界が破れてしまったみたいで、メイドの足音が聞こえてきた。この気配はマリーかな？

こんこんとノックされる。俺は自分から扉を開けて、散らかった部屋の中が見えないように自分の身体で隙間をふさぐ。部屋の外にいたのはやはりマリーだった。

「アルライン様、すごい揺れがありましたが、何かございましたか？」

「いや、大丈夫だよ。気にしないで」

「かしこまりました。何かございましたらお申しつけください」

「うん、ありがとう」

俺は笑顔でマリーを見送ってから、ルミエとマレフィを睨む。二人は俺が叩きつけられたことで冷静になったのか、きまり悪そうな表情を浮かべていた。

「で？　君達は何をしていたのかな？」

「え、えーっと」

「こいつが悪いんじゃ！」

「はぁ!?」

また喧嘩を始めそうになる二人に、俺はため息をつく。

「二人共そこに正座しなさい！」

「「は、はい！」」


その後事情を聞いたところ、実にくだらない理由だった。

どちらが俺に相応《ふさわ》しいかで力比べをすることになったらしい。迷惑をかけないように二人で協力して結界を張ってから――協力できるなら喧嘩しなければいいのに――物を投げ合って先に相手を降参させた方が俺に相応しいということになったそうだ。

そこまで慕《した》ってくれるのは嬉しいが、部屋を荒らされたらたまったものではない。

「二人共僕の大切な精霊だから。どっちが相応しいなんてないよ。どっちもいてくれないと嫌だ」

「アル……」

「ま、こいつがいるのは我慢しておくかの」

ルミエもマレフィも納得してくれたらしい。はあ、もう疲れてしまった。

「今後絶対にしないこと！　いいね！」

「気をつけるわ……」

「努力しよう」

二人の返事に俺は頷いてから告げる。

「じゃあ、ルミエとマレフィで片付けお願いね」

「しょうがないわね。わかったわ」

「さっさと終わらせるかの」

部屋の片付けを二人に任せて俺はベッドに腰かけ、ポケットに入れておいたダークからの手紙を読み始めた。

しばらくして手紙を読み終えると、俺はため息をつく。ため息のつきすぎで、そろそろ禿《は》げるんじゃないだろうか。それほどまでに重大な内容だった。

まず、今年入学する学園生に王国の第一王女がいる。学園では基本的にファーストネームを使用するのだが、誰が王女かわからないからこそ、もし問題行動を起こして彼女から国王に報告でもされれば家を潰《つぶ》されかねない。向こうからすれば、家名を調べるなんてことは容易《たやす》いのだから。

二つ目は義姉上が狙われていること。

本人は気付いていないけれど、彼女を尾行している人間がいるらしい。従姉妹といえども義姉上は侯爵家の一員。ただ、相手の正体も目的もわからないため動きようがない。

そして三つ目が特に問題だった。ハーレス公爵家が謀反《むほん》を企《くわだ》てているというのだ。

当主ストーム・フィル・ハーレス・ジュエルが中心となり、他の貴族と共に着々と軍を整えているという。ハーレス公爵は国王の兄。そんな男が謀反を起こすのだから、大規模な反乱になるのは間違いない。

一貴族の密偵《みってい》が調べられるのだ。きっと王家も知っており対策していると考えられるが、いかんせん情報が少なくて判断できない。

もたらされた重大な情報に、俺は頭を抱えてしまった。ここまでくると、たかだか侯爵家の三男でしかない自分だけでは対処のしようがない。父上に報告することも考えたが、そうなるとダークについて話さなければならなくなる。とりあえず、もっと情報が必要だ。

「どうするべきか……」

「どうしたの？」

しっかり壁まで直して片付けを終えたルミエが、頭を抱えている俺に声をかけてきた。

「問題が起きていてね。とにかく情報が欲しいんだけど、調べようがないんだ」

俺が正直に打ち明けると、マレフィが言う。

「それなら妾が調べてこようかの？」

「マレフィが？」

「正確に言えば、妾の下級精霊を使うのじゃよ。下級精霊ならば数がおるからの。大量の情報を集めてきてくれるはずじゃ」

「その手があったのか！」

それに精霊ならば人に見えないから、様々なところに入ることができる。情報収集にうってつけだった。俺はマレフィに尋ねる。

「頼んでもいいかい？」

「もちろんよの」

「私の子達にもお願いするわ」

「ありがとう。ルミエも頼んだよ」

ルミエとマレフィが指示を出すと、精霊達が即座に散っていく。俺は魔眼に魔力を通して、その様子を見守った。精霊が出ていった窓から見える空は、王国に迫る不穏な気配を表すように、どんよりと曇《くも》っていた。

†

「おはようございます、アル様」

「マリー、おはよう」

波瀾《はらん》の合格発表から一週間が経った。今日は入学式だ。

俺は前世ぶりの制服に手を通す。ただ、デザインは全く違う。

真っ白なパンツ。真っ白な上着。肩には金の飾緒《しょくしょ》がついていて、前世の海軍の軍服によく似ている。かっこいいとは思うが、汚れないか心配になるデザインだ。

制服姿の俺を見たマリーが微笑ましそうに言う。

「とてもよくお似合いです」

「ありがとう」

俺が礼を言うと、マリーはまた微笑んで頷く。しかし、すぐに真剣な表情を浮かべた。

「アル様、一つご忠告がございます」

「な、なんですか」

マリーの真剣な様子に思わず敬語になる。

「決して、決してですよ、女の子に優しくしすぎないように。あっという間に捕まりますからね」

「はい？」

真剣な顔で何を言っているのだろうか。女の子に優しくしすぎちゃダメ？　優しくするって当たり前じゃないの？　というか、捕まるってどういうこと!?

戸惑う俺を見て、マリーははぁとため息をついた。え、何？

「アル様」

「は、はい」

妙に迫力のある声に背筋が自然と伸びる。

「アル様は女の子なら誰もが隣にいたいと思うくらいかっこいいのです。そろそろご自覚なさってください」

「別にそんなことは……」

「あります。マリーはアル様がハニートラップに引っかからないか心配でございます」

「引っかからないよ！　それに僕を引っかけたりしたら後々困るのは相手だと思うよ」

というか、女の子が俺の周りに集まってくるのと、俺がハニートラップに引っかかるかどうかは関係ないと思う……

「まあ、それはそうなんでしょうけど……」

これ以上、お小言？　を言われても面倒なので、俺はまだ心配そうなマリーを置いて、玄関で待つ父上とリリー母上のもとに行く。ちなみに王立魔法学園の入学式は入学生だけで行われるから、両親は参加できない。

「父上、母上、そろそろ行ってきます」

「アルちゃん、制服とっても似合っているわよ」

「その制服、懐かしいな。リリーの言う通り似合ってる」

「ありがとうございます」

二人共褒めてくれた。ちょっとこそばゆい。

「アル、くれぐれも気をつけてくれよ？　訓練場を壊しましたとか洒落《しゃれ》にならないからな」

「父上、僕はそんなことしませんよ！」

「アルちゃんの魔法は威力があるんだから、気をつけてね」

「母上まで……わかってますよ」

二人は俺のことをどう思っているのだろうか。これまでも問題なんて起こしてないのだけど。

「本当に心配だな……」

「毎日帰ってくるのに、なんでそんな心配してるんですか、父上」

学園に寮はあるが、あくまで王都に家がない生徒のためであって俺は入る必要がない。

「まあそうだな。心配のしすぎか」

微妙に納得してなそうな父上。だがもう出発の時間だ。

「じゃあ、行ってきます」

「行ってらっしゃい。たくさんお友達を作るのよ～」

「気をつけてな」

歩きの方が好きだから今日も徒歩だ。ついに今日から学園生活。頑張るぞ！


「う～ん、疲れたぁ！」

学園長の長ったらしい挨拶と説明のあと、特別なことは何もなくあっさり入学式は終了した。

「学園長の話、長かったな。あ、俺はリョウだ。よろしく頼む」

教室に着くと隣の席になった赤髪の男子が話しかけてきた。ハキハキとしていて、いい奴そうだ。

「ほんとに長かったよね。僕はアルラインっていうんだ。こちらこそよろしく」

「えっ」

俺が名乗ると、前の席に座っていたピンクの髪の女の子が、勢いよく振り返った。寝癖なのかな？　ぴょこっと出ている一房の髪が面白い。

「僕のことを知ってるの？」

「あ、あの、えーっと……」

どうにも歯切れが悪い。もしかして、入学試験の結果発表の出来事がもう噂になってるのか？

俺は女の子に尋ねる。

「決闘の話、聞いちゃった？」

「っ⁉　……うん」

女の子は頷いたあと、顔を真っ赤にして俯《うつむ》いてしまった。

「決闘ってもしかして、あのラヴィエル様を負かしたっていう⁉」

「リョウくんも知ってるのか。そんなに噂になってる？」

「ああ、平民が貴族を決闘で倒したって。しかも、首席だって聞いたけど本当か？」

その話は結構広まっているらしい。あの場には学園の先輩しかいなかったと思うんだけど、誰かが広めているのだろうか。仕方なく頷いて答える。

「本当だよ。あんまり目立ちたくないんだけどなぁ」

俺は貴族だけど、たぶんこの子達は平民だ。無駄な反感を買わないよう平民ということにしておこう。すると、俺の言葉を聞いた女の子が目を見開いていた。

「……なんていうか、想像していた人と違います」

「そう？」

「もっと怖い人かと……貴族にも容赦しないやばい人だって聞いていたので」

「いや、売られた喧嘩を買っただけなんだけどな……」

苦笑いして言うと、リョウくんもうんうんと首を縦に振っている。

「俺も噂を聞いて怖い奴だと思ってたけど、なんかいい奴そうで安心したわ。俺のことは呼び捨てでリョウって呼んでくれ」

「わかった。僕のことも呼び捨てで頼むよ」

俺達は握手を交わす。仲良くなれそうで良かった。

それから俺は、ピンク髪の女の子の方を見る。

「君はなんていうの？」

「わ、私はミリアです。よろしくお願いします」

「よろしくね。クラスメイトなんだから敬語はなしだよ」

「でも……」

戸惑っている様子のミリア。だが、リョウも続けて言う。

「アルラインの言う通りだ。仲良くしようぜ！」

「わ、わかった。よろしくね」

ミリアとも仲良くなれそうだ。学園生活もなかなか楽しくなりそうで嬉しい。

その時、教室の扉ががらっと開いた。入ってきた教師を見て教室が静まり返る。

「さあ、ホームルームを始めるよ。今日からこのクラスを担当するランスロット・フィル・バーボンだ。よろしく」

わぁ！　と歓声が上がる。

「マジで⁉　ランスロット様が担任なのかよ⁉」

「ランスロット様に教わることができるなんて嬉しすぎるわ！」

「はぁ～かっこいいし眼福ね」

「これで俺も騎士になれる！」

ランスロットさん——いや、これからはランスロット先生か——はすごい人気だ。俺としてはあの笑顔に何か作為的なものを感じてしまって苦手なんだが。それにしても、宮廷魔術騎士団団長が先生とはどういうことなのだろう？

「はい、静かに」

ランスロット先生が注意すると、すぐに静かになった。

「私は基本的に実技を担当し、座学は他の先生が担当することになる」

「あの、なぜ宮廷魔術騎士団団長が直々に教えてくださるんですか？」

皆が疑問に思っていたであろうことを、一人の女子生徒が質問した。

「国王陛下の勅命《ちょくめい》だね。今年の生徒は優秀な者が多いから、鍛《きた》えてくるようにと言われた。厳しくいくからそのつもりで」

そう言って笑みを浮かべるランスロット先生。女子生徒から黄色い悲鳴が上がる。罪な男である。

「よし、じゃあ自己紹介をしてくれ」

順番に一人ずつ名前と将来の夢を言っていく。しばらくして、俺の番が来た。

「アルラインです。将来はまだ決めてないけれど、魔法も剣も極めたいと思っています。よろしくお願いします」

笑顔で自己紹介をすると、教室がざわめいた。やはりほとんどの者が噂を聞いていたらしく、多少怖がっている生徒も見受けられる。俺はそんなに怖いだろうか……少し落ち込んでしまった。だがその時——

「えっ！」

驚いたような声が聞こえてきた。そちらを見ると、知っている顔だった。

やがて自己紹介はその人の番に。彼女は綺麗な声で挨拶した。

「シルティスクと申します。将来の夢は特にありませんが、この学園では魔法を極めていきたいと思っています。よろしくお願いいたします」

まさか、シルティスクがこの学園にいるとは。絡まれている彼女を助けて以来、シルティスクとはギルドで何度か顔を合わせる機会があった。そのうち、多少話すようになったが、同級生になるなんて……

『彼女よ』

今日もそばにいるルミエが囁いてきた。

その言葉だけで察する。彼女が学園に入学したという王国の第一王女なのだろう。シルティスクはいつもギルドから帰る時に王城の方に向かっていた。たまたまかと思っていたが王女なら納得だ。随分とお転婆《てんば》な子らしい。

その後、計三十名の自己紹介が終わると、ランスロット先生が告げる。

「よし！　じゃあこれでホームルームは終わりだよ。これから歓迎会のために王城に移動する。王城ではくれぐれも失礼のないように」

今日一番のイベントがすぐ目の前に迫っていた。

第七話　腹黒国王

それから俺達は馬車で王城に移動し、控室で着替えて入場の時を待っていた。

「あーどうしよ！　緊張するんだが！」

「落ち着いて。別に国王陛下は参加しているだけで、僕達に話しかけてくる可能性なんてほとんどないんだから」

俺は苦笑いしながらリョウに声をかけた。

リョウは相当緊張しているらしく、さっきからとてもうるさい。

「いや、それはそうだろうけどさ！　国王陛下だぞ!?　それに他の貴族の方々もいるらしいし！なんでお前はそんなに平然としているんだよ!?」

「だってご飯食べながらダンスするだけでしょ？　ねえ、ミリ、ア……？」

「そそそ、そうですね」

「なんかごめん」

ミリアも緊張しているようだった。周りを見ると、多くの生徒が同じような表情を浮かべている。

俺はすでに吹っ切れており、憂鬱《ゆううつ》ではあるものの緊張はしていなかった。

国王陛下が一生徒に話しかけるとも思えない。まあ、母上が言っていた通り、このパーティーが憧れだっていうのも硬くなる理由なのかもしれないな。俺は面倒くさいだけだが。

「入るよ。くれぐれも失礼のないように」

ランスロット先生が俺達に声をかけてきた。そして、目の前の大きな扉がゆっくりと開かれる。

「「「「わあ！」」」」

中はシャンデリアが煌々《こうこう》と輝き、楽団の演奏が流れ、テーブルにはたくさんの料理が並んでいる。

そのテーブルに着いているのは、国の重鎮達だ。

そう、この歓迎パーティーは国の上層部、つまり大臣や騎士団や魔法師団の団長などが参加し、将来有望な生徒を見つけることが目的だ。生徒達も自分の存在を知ってもらういい機会なのである。

俺達が決められた席に着くと、国王陛下が立ち上がって挨拶する。

「新入生の諸君、入学おめでとう。王立魔法学園は実力主義の学園だ。そして諸君らは、リルベルト王国の将来を担う者たちとなる。今日は大臣や団長からしっかり話を聞き、将来に役立てるように。それでは、乾杯！」

「「「「乾杯」」」」

陛下の乾杯の音頭《おんど》に合わせて生徒はジュースで、大人はお酒で乾杯した。

「国王陛下は優しそうな方だな」

隣の席のリョウが安心した顔で言った。

「今の陛下は賢王《けんおう》と呼ばれていて、国民にとても尽くしてくださっている方だからね。緊張はほぐれたかい？」

「ああ、みっともないところを見せたな」

「まあ、慣れてないんだからしょうがないよ」

「そう言うお前は平気そうだったじゃないか」

リョウがジト目で睨んでくる。

「いや、まあそこまで硬くなることじゃないかなと」

「貴様、陛下の御前くらい身だしなみを整えろ！」

急に声をかけられて振り返ると、ラヴィエルとその取り巻きがいた。

恐らく俺が前髪で片目を隠していることを言っているのだろう。ここで大声を出すのはまずいとわかっているのか音量は普通だが、相変わらず気分が悪くなる言い方をしてくる。

「やあ。君こそどうして僕に話しかけてきたんだい？　あの決闘の条件は、今後僕に絡まないことだったはずだけど」

「ふっ、絡んでいるのではない。教えてやっているのだ。下賤《げせん》な平民め」

その時、ラヴィエルの後ろから興味深そうな声が聞こえてくる。

「ほう、平民が下賤とはどういうことかな？」

ラヴィエルが振り返って固まる。

「へ、陛下……」

そこにいたのは、リルベルト王国の国王スタン・フィル・リルベルト、その人だった。

「君は……ふむ、そうか。モルト卿には伝えておこう。平民は下賤ではない、とな」

「そ、それは」

ラヴィエルがガクガク震え出した。家の名を貶めたのだ。最悪廃嫡《はいちゃく》もありえるだろう。

ただ、あの決闘のあとダークに調べてもらった情報によると、こいつの家——モルト伯爵家は貴族至上主義らしい。お咎《とが》めはないだろう。

「それに君が貶めた相手は、身だしなみが整っていないわけではないようだが？」

「そ、それはどういう……？」

嫌な予感がする。俺の不安は、国王の次の一言で現実になった。

「のう。隻眼《せきがん》の神子よ」

「「「「な！」」」」

ホールはざわめきに包まれた。

わざわざ隠していたのにみんなにバレてしまった……もともと、適性検査で水晶が虹色に光ったことでついた呼び名が神子なのだが、右目をいつも隠していたせいで、見えないと勘違いされるようになってしまったのだ。おかげで親戚や知り合いの間で隻眼の神子と呼ばれ始め、それが俺の知らないところで広まっていたらしい。もしかしてステータスにある神子という称号がバレたのかと思ったが、そういうわけではないみたいだ。偶然って怖い。

俺は他の貴族との関わりはほとんどないため、顔をほとんど知られていない。それが隻眼の神子の噂が広まった原因の一つだとか。そして、その噂が陛下の耳にも入っていたのだろう。

「陛下、その呼び方は恥ずかしいのでおやめください」

「やはりそうか。エルバルトから話は聞いておる。お主とは一度話してみたかったのだ。パーティーのあと、待っておるぞ」

陛下は満足そうに頷くと離れていった。

俺がラヴィエルをちらりと見ると、「ひいっ」と小さく悲鳴を上げて逃げていった。

陛下が来た瞬間から俺の後ろに隠れていたリョウが、恐る恐る聞いてきた。

「どういうことだよ？」

「あー、まあ、うん。そういうことです」

隻眼の神子がマーク侯爵家の子供であることは、噂で知れ渡っている。

さっきまで平民のように振る舞っていただけに、どう言えばいいか困ってしまった。

リョウは確認するように尋ねてくる。

「貴族だったのか？」

「うん」

「あのマーク侯爵家の？」

「うん」

「隻眼の神子？」

「うん」

淡々と聞いてくるリョウに、頷くだけの俺。とりあえず、黙っていたことを謝ろう。

「隠しててごめ――」

「すげえじゃん！」

急に大声を出したリョウ。俺はぽかんと口を開けて固まってしまった。

「怒ってないの？」

「ん？　なんでだ？　怒ることなんて何もない。身分を隠してたのだって、色眼鏡で見る奴がいっぱいいるからだろ？　俺は素直にすげえって思うだけだけど。とにかく、そんなんで怒ったりしねえって」

なんて優しい奴なんだ！　入学早々いい友人に恵まれたらしい。俺は素直に礼を言う。

「ありがとう」

「いいって別に」

リョウは照れているのか、ぶっきらぼうに返してきた。

「アルが身分を振りかざすような奴じゃないって、この短い時間でもわかったし。なあ、ミリア」

「う、うん！　アルラインくんはいい人だもん！」

あ、ミリアの存在を忘れてた。彼女は彼女で国王を前に緊張していたらしく、一切口を開いていなかったからな。

「ミリアもありがとう。リョウもミリアも改めてよろしくね」

「おう！　よろしくな！」

「よろしくね！」

その瞬間、俺は学園生活がいいものになると確信した。


パーティーがようやく終わった頃には、俺達はへとへとになっていた。

帰り支度をしようかと思っていると、リョウが声をかけてくる。

「そういや、アル、お前国王陛下に呼ばれてなかったか？」

「あ……」

「お前、忘れてただろ」

リョウがため息をついた。彼の言う通り、すっかり忘れていた。

あのあと多くの貴族と話したり、他の新入生に話しかけられたりしているうちに頭から消え去っていたようだ。

ちょうどその時、執事服を着た男性が近づいてきて言う。

「アルライン様、陛下がお待ちです」

「ほら、行ってこい」

リョウに背中を押された。

「う、うん、行ってくる。また明日」

「おう！」

「頑張ってね！」

リョウとミリアに見送られて、俺は男性のあとについていった。


「こちらでお待ちください。陛下はすぐにいらっしゃいます」

「わかりました」

男性に案内された部屋で、俺はほぅっとため息をつく。

「なんでこんなことになったんだろう。普通に学園に通って冒険者になればそれでよかったんだけど」

異世界でのスローライフは望めなさそうで、ちょっと落ち込む。

『ふふ、もう目をつけられちゃったそうよ』

ルミエが楽しそうに言った。

嫌な予感がした俺は彼女に尋ねる。

『どういうこと？』

『さっきこの王城内にいる精霊に情報を集めてもらったけれど、どうやってあなたを国王派閥に引き込むか話していたみたい』

『うわぁー』

自分でも顔が引きつるのがわかる。

『そんなに僕の能力って強力なの？』

『当たり前じゃない。だから、水晶玉を虹色に光らせた神子なんて話になるのよ』

『ふーん、そうなんだ』

そんなことを話していると、部屋の扉が開いた。

「陛下がいらっしゃいました」

さっきの執事が入ってきて陛下の来訪を告げた。俺は立ち上がり礼を取る。

「よく来た。まあ座ってくれ」

陛下に促されて、俺はソファーに座り直す。

「話を始める前に人を呼ぶ。ちょっと待ってくれ」

人？　誰を呼ぶのだろうか。陛下が執事に何やら指示すると、執事は一度部屋を出ていく。

少しして執事は、一人の男性を連れて戻ってきた。

「失礼します」

「よく来た。座ってくれ」

俺は入ってきた人物を見てびっくりした。

「父上！」

そこにいたのは、間違いなく俺の父上だった。歓迎パーティーに来ていたことは知っていたのだが、まさか父上も陛下に呼ばれているとは。陛下が説明してくれる。

「お主も父親がいた方が話しやすかろうと思ってな」

俺は頭を下げる。

「あ、ありがとうございます。それでお話とは？」

「うむ。率直に言う。お主、余に仕える気はないか？」

やはり、と内心でため息をつく。ルミエの言っていたことは本当だったな。たかだか十歳の子供に言うことではないと思うが。

父上は急な提案に驚愕の表情を浮かべていた。しかし、俺はいったんスルーして陛下に尋ねる。

「なぜ急にそのような話に？　僕はただの十歳の子供ですが」

「ほう、そうかね？　余にはただの十歳の子供には見えないが」

「どういうことでしょう？」

俺は警戒度を上げる。何かバレているのか……？　陛下はにやりと笑って告げる。

「ネブラヘルドの闇ギルド」

「っ⁉」

「黒の消滅」

「な⁉」

思わず声を上げてしまう。どちらも最近俺が関わった事件じゃないか……

「やはりその様子、何か知っておるな？」

「……確かに黒が消滅した時は現場の近くにおりましたが」

「それだけではなかろう。実際関わっておるのじゃろ？」

「……」

「お、お待ちください！　ネブラヘルドの闇ギルド？　黒の消滅に関わっている？　なぜそのような話になるのですか⁉」

父上が割って入ると、陛下は父上の方に顔を向ける。

「エルバルト、そなたも聞いておろう？　ネブラヘルドの闇ギルドの者どもが捕らえられ、証拠の書類まで持っていかれたというのは」

「聞いておりますが……なぜそれにアルラインが関わっているという話になるのですか？」

「そういう報告が上がってきておるのじゃよ。Bランク冒険者アルラインによって黒が消滅させられ、翌日、ネブラヘルドの闇ギルドが潰されたと」

「まさか……本当なのか？　アル」

父上が尋ねてきたが、俺はそれどころではない。

なんで、そんな報告が陛下に上がるんだ。証拠は消したから、俺にたどり着くことができるはずがないのに。考えられるのは、陛下がカマをかけてきている可能性か。うん、これが一番しっくりくる。ここは否定すべきだろうな。

「僕にはなんのことかわかりません」

俺が父上に答えると、陛下はまたしても意地の悪い笑みを浮かべる。

「ほう、否定するか。それにしては、驚いていたように見えたが」

「確かに驚きましたとも。なぜそんな関係ないことを今言い出すのかと」

「では、この報告は嘘であると？」

「確かに黒が消滅した現場にはいました。ですが、それは僕がやったことではありません。遺体がないので証明できませんが」

「あくまで居合わせただけと申すのだな？」

確認するように聞いてくる陛下に、俺は頷く。

「よかろう。宰相に詳細を報告させよう」

陛下は再び執事に言いつけ、宰相を呼び出した。

宰相は陛下に指示された通り、事件について説明する。

「先日、プレトンと王都の間にある宿場町にて冒険者数名により、闇ギルドの工作員たちが捕らえられました。同時に現場にいた黒が消滅。その場にいた最高ランクはBランク冒険者アルラインです。その翌日、黒が所属していたネブラヘルドの闇ギルドで構成員たちが捕らえられ、証拠書類がなくなっているのを衛兵が確認しております」

やはりカマをかけられていただけらしい。陛下が先ほど言っていたこととなんら変わらない。

「これでもしらばっくれるのか？」

陛下が俺の目を見つめて言った。

「先ほども申し上げた通り、黒の消滅の現場にはいました。ですが、報告ではネブラヘルドで事が起こったのはその翌日。宿場町からネブラヘルドは、一日では到底移動できない距離です。僕がどうやって闇ギルドを壊滅させられるのですか」

なおも陛下は俺をじっと見つめてくる。目を逸らしたらダメだ……！

「……それもそうだな」

「陛下⁉」

宰相が声を上げた。しかし、陛下は首を横に振る。

「今回はそういうことにしておこう」

「……ありがとうございます」

陛下の中では完全に俺がやったことになっているらしい。だが、ひとまず安堵する。

「エルバルトも遅くまで引き止めてすまなかったの」

「いえ、お呼びとあらばいつでも」

ここまで黙って話を聞いていた父上は、陛下に頭を下げた。

陛下はうむと頷いてから、俺達に言う。

「二人共、もう今日は下がってよいぞ」

俺と父上が陛下に挨拶して部屋を出ようとしたその時——

「そうだ、アルライン」

「なんでしょう、陛下」

部屋から出ようとすると、呼び止められた。

「あの子をよろしく頼む」

ドキン、と心臓が跳ねた。

「……なんのことかわかりかねますが」

「わかりましたと言えばいい」

「……わかりました」

俺が渋々答えると、陛下は満足そうに頷いた。


「アル、陛下が言っていたのはどういうことだ？」

家に帰るため馬車に乗り込んだところで、父上が尋ねてきた。

「僕にもわかりません」

「それを信じろと？」

無理だろうな。あそこまで言われてしまえば、逆の立場なら俺でも信じられるわけがない。

それでも俺が押し黙っていると、父上はガシガシと頭を掻いた。

「ああもう！　今は聞かねえ！　でも、何か困ったことがあればすぐに言うんだぞ！」

「はい、ありがとうございます」

「はぁ、お前はなんでこうも色々なことに……」

「ごめんなさい」

呆れた様子の父上に謝る。さすがに申し訳ない。

「謝ることではない。ヒヤヒヤするが、それがお前なんだから。まあ、もうちょっと自重してほしいがな」

「気をつけます……それにしても父上」

「ん？　なんだ？」

「口調が乱れてますよ」

「お前が言うな！」

二人で笑い合うと、馬車の中は和やかな空気になった。

俺は本当にいい家族に恵まれた。俺もそんな家族に見合う人間になれるだろうか？

†

「宰相、どう思った？」

「黒の件も闇ギルドの件も彼の仕業でしょう」

宰相ポルト・フィル・マーベルは王国の頭脳だ。アルラインがいた場ではあえて目立たぬようにしていたが、それはアルラインを観察するためで、今はさきほどの影の薄さが嘘のように知的な雰囲気を滲ませていた。

「余も同感だ。明らかに動揺しておったの」

国王スタンはそう言って楽しげに笑う。

「まだ子供ということでしょう。顔によく出ていましたね」

「駆け引きまで得意だったら、さすがに危険視するしかなかったからのう。よかったわ」

「まさか、あのことにも気付いているとは思いませんでしたが」

「のう。最後に聞いておいて正解だったわ。どこからそんな情報を集めるのやら」

彼らが話しているのは、最後にスタンが言った『あの子』についてだ。あの反応を見れば、アルラインがスタンの言いたいことを理解していたのは一目瞭然だった。アルラインの情報収集能力の高さにスタンもポルトも驚くしかない。

「余に仕えてはくれんかね」

「今日見ていた感じだと難しいでしょう」

「やはりそう思うか」

スタンは深々とため息をつく。

「まあ、まだ学園には五年もいますから、その間に懐柔《かいじゅう》すればいいのでは？」

「そうじゃの。それで余に仕えたいと思うように仕向けるしかないか」

二人はそうして今後の計画を練るのだった。

†

国王と宰相がアルラインについて頭を悩ませているのと同刻——

「なんであいつが隻眼の神子なんだよ！」

ラヴィエルは苛立っていた。帰ってきて早々に父に呼び出され、怒られたのだ。

『陛下の前で平民をけなすな。確かにあいつらは貴族から施しを受けないと生きていけないどうしようもないクズどもだが、陛下は贔屓《ひいき》になさっているからな。別にこの家でなんと言おうと構わない。だがこれ以上家名を落としてくれるなよ』

ゾッとするほど冷たい声だった。ラヴィエルの父は冷酷だ。それこそ、逆らえばたとえ息子であろうと殺すだろう。

「クソが！　あいつが貴族であることを隠していたのが悪いんだろうが！」

ラヴィエルは椅子を蹴飛ばす。やり場のない怒りを制御する術《すべ》を持たない彼はただただ物に当たるしかなかった。

「ラヴィエル様！　おやめください！」

音を聞きつけて来たメイドが止めに入るも、そのメイドを殴《なぐ》りつけて、押し倒す。

「痛っ！　ラヴィエル様⁉」

「お前ら平民はなぜ生きているんだ⁉　この国は貴族のものだ！」

殴りつけながら喚く。メイドはただただ謝るのみ。やがてメイドが気を失ったことに気付くと、ラヴィエルは彼女を廊下に引きずっていき放り出した。

「片付けておけ！」

「か、かしこまりました」

部屋の外にいたメイドは震える声で返事をする。それを一瞥《いちべつ》してラヴィエルは部屋に戻った。

「どうすれば名誉を挽回《ばんかい》できる……？」

その時、ドアがノックされ一人の男が入ってきた。

「坊ちゃま、何やらお悩みのようですな。いいことを教えてあげましょう」

「爺《じい》？　なんだ。くだらないことならたとえ爺でも容赦しないぞ」

入ってきたのは幼少のころからラヴィエルを世話している守《も》り役《やく》の老人だった。

「きっと坊ちゃまのお役に立ちます。実はですね……」

老人の話を聞き終えたラヴィエルは頷いた。

「なるほど。実にいい方法だ」

ラヴィエルの顔にはあくどい笑みが浮かんでいた。

†

陛下と話した翌日――

「おう、アル」

「おはよう、アルラインくん」

教室に入るとリョウとミリアが挨拶してくれた。今まで同い年くらいの友人がいなかったから自然と頬が緩む。

「昨日、あのあとどうだったんだ？」

リョウが興味津々といった様子で聞いてきた。

「根掘り葉掘り色々聞かれたよ」

「根掘り葉掘りの内容が知りたいけど、聞くのが怖いね」

ミリアは苦笑いしている。

「ああ、聞かないでくれ」

そう言って俺達は笑い合う。

「授業を始めるよ！　訓練場まで案内するから、着替えを持ってついてきて」

ランスロット先生が入ってきて告げた。学園に入学して二日目。最初の授業は実技だ。

初めての授業、楽しみだな。


「集まったね。今日はそれぞれの実力を見るために模擬戦をするよ」

着替えてから訓練場に集まると、ランスロット先生が皆を見回して言った。

その言葉のあと、多くの視線が俺に集まるのがわかる。ラヴィエルとの決闘や陛下の隻眼の神子発言があったから、気になるのはわかるけれど。

ランスロット先生は苦笑いを浮かべると、皆を安心させるように告げる。

「アルラインは私とやる。だから心配しなくて大丈夫さ」

すると、明らかにほっとした雰囲気が漂《ただよ》う。そんなに俺とやるのが嫌なのかよ！

しかしその時――

「先生！　私、アルラインくんとやりたいです」

声がした方を見ると、シルティスクだった。ランスロット先生が驚いたように聞く。

「ほ、本当にいいのかい？」

「構いません。彼とは一度戦ってみたかったんです」

「そうか……じゃあ、アルラインはシルティスクとだ。せっかくだし、最初に君達にやってもらおうかな」

その後、他の皆がペアを決める間、俺はシルティスクと軽く挨拶を交わす。

「久しぶり」

「お久しぶりですわ、アルラインくん。まさかこの学園にいるとは思ってませんでしたが」

「僕も君がいるとは思ってなかったよ」

「ふふ、容赦しませんからね」

「僕も負ける気はないよ」

少しして他の生徒もペアが決まったようで、ランスロット先生が俺達に目配せしてきた。

訓練場の中心でシルティスクと向かい合う。彼女は杖を空中から取り出した。俺と同じアイテムボックス持ちのようだ。じっとシルティスクの動きを観察しながら、俺は剣を構えた。

「即死攻撃は禁止。怪我であれば結界から出れば治るから、全力でやるように。それでは始め！」

ランスロットさんが開始を告げた。

「〈聖槍《ホーリーランス》〉！」

開始早々にシルティスクが光属性の中級魔法を放った。俺に向かってまっすぐ飛んできた光の槍を叩き切ると、シルティスクに向かって駆ける。

「叩き折るなんて……！　〈風壁《ウィンドウォール》〉！」

「くそっ！　〈竜巻《ストーム》〉！」

風属性の中級魔法〈風壁《ウィンドウォール》〉を同じ風属性の中級魔法〈竜巻《ストーム》〉で巻き込むようにして霧散《むさん》させる。

「〈水球《ウォーターボール》〉！」

「何よそれ！」

〈水球《ウォーターボール》〉と言いながら、俺が発生させたのは家一軒分以上の大きさの水の塊。初級魔法だがこれを防ぐのは至難《しなん》の業《わざ》だ。

「ああもう！　〈聖壁《ホーリーガード》〉！」

シルティスクは光の結界を張るが、魔力がしっかりと込められていないのか、到底俺の〈水球《ウォーターボール》〉を防げるサイズではない。バシャンッと、〈水球《ウォーターボール》〉がシルティスクを襲った。

俺はその間に彼女の背後に転移し、首に剣を突きつけた。

「そこまで！」

ランスロット先生が模擬戦の終了を告げた。しかし、何が起きたのか理解できないクラスメイト達がざわめく。シルティスクも他の生徒と同じような表情を浮かべて尋ねてくる。

「何をやったの？」

「まあ、それは内緒ということで……よし、これで戻ったかな？」

「え？」

俺は、水で濡れ乱れていたシルティスクの髪や服を魔法で元の綺麗な状態にしてあげた。

「ど、どうやったの？」

シルティスクは先ほどと同じように、信じられないものを見る目で見てきた。

「内緒」

人差し指を唇に当てて言うと、シルティスクは顔を真っ赤にして俯いてしまった。

「まさかそんな魔法まで使えるとはね」

ランスロット先生がニヤニヤしながら話しかけてくる。

「なんのことでしょう？」

「一度君とはじっくり話してみたいね」

「機会があれば」

「そんなに嫌そうに言わなくてもいいじゃないか」

表情があからさますぎたのか、苦笑されてしまった。

「じゃあ交代だ。次そこの二人」

ランスロットさんが次の人達を呼んだので、俺は場所を譲った。

シルティスクが話しかけてくる。

「強いわね」

「まあ、これくらいはね。でも、まさか君が〈聖壁《ホーリーガード》〉を使えるとは思わなかったよ」

「お世辞はいいわよ。詠唱しないと発動できないくらいには慣れていないのに、無理に使ったから防御力が半減したし。本当はきっちり防げたはずなのに」

シルティスクは悔しそうにそう言った。

それから、真剣な眼差しを向けてくる。

「今度、魔法を教えてくれない？」

「いいよ。僕に教えられることであれば」

「ありがとう。その時はよろしくね」

俺達は顔を見合わせて笑い合った。

†

一方その頃、王城では混乱が起こっていた。

「陛下！　ハーレス公爵が反乱を起こしました！　現在王都に向かって進軍中です！」

「ついに始まったか……」

国王スタンは自室で窓の外を眺めながら言った。

「用意しておいた部隊をウォルフェイム平原に配置しろ」

「はっ！」

その時、一人の男が部屋に入ってくる。

「陛下、学園にも間者《かんじゃ》が入り込んでいることがわかりました」

「ほう」

スタンは特に驚かなかった。しかし報告した男——宰相ポルトは知っていた。

(これは怒り狂っているな……学園におられるシルティスク様を溺愛《できあい》なさっているから心配なのはわかるが……)

スタンは落ち着いた表情を崩さず問う。

「誰だ、それは?」

「歓迎パーティーで問題を起こした者です」

「なるほど。それはハーレス公爵に加えてあの家も反乱に参加している、ということか?」

ポルトは首を横に振る。

「いえ、独断行動のようです」

「ちょうどいいではないか。たとえ息子の行動であろうとも責任はあの家にあるからな。あの家の力も削《そ》げる」

「では、すぐに捕らえますか?」

「いや、学園にはあやつがいるであろう?」

スタンは口角を上げて言う。

「功績を挙げさせれば叙爵《じょしゃく》できる。あやつに任せようではないか」

「動かないという可能性もありますが？」

「あやつは必ず動く。闇ギルドに対する行動を見てもそれは確かであろう」

「御意《ぎょい》。ではそのように」

「さて、どう動くか。余を失望させないでくれよ、アルライン・フィル・マーク」

スタンはそう呟いて笑みを浮かべた。

†

「くしゅんっ！」

「おいアル、大丈夫か？」

「風邪でも引いた？」

教室で俺――アルラインは急に寒気を感じていた。心配してくれたリョウとミリアに答える。

「いや、なんでもないよ」

「無理すんなよ」

「アルラインくんはさっき魔法をバンバン撃ってたからね、魔力大丈夫？」

「大丈夫だよ、心配してくれてありがとう」

リョウとミリアの優しさが嬉しくて自然と笑顔になる。

「そういえば、最後にシルティスクさんにかけてあげた魔法ってなんだったの？」

ミリアが不思議そうに聞いてきた。

「最後っていうと……あ、濡れていた服を元に戻したこと？」

「あ、それ俺も思った。詠唱もしてなかったし」

リョウも気になっていたようだ。

あれは魔法で一部だけ時間を戻したのだ。これもまた、創造魔法で創った魔法なのだが、膨大な魔力を消費するため数秒かつごくわずかな範囲にしか使えない。

二人は信用できると思うけど、時間を戻せるなんて言えないよな……

さすがにこの魔法については隠しておこう。

「まあ、ちょっとした魔法だよ」

言葉を濁《にご》すと、リョウもミリアも笑った。

「そう言うと思った。まあお前には色々事情があるんだろうし、しょうがないか」

「お貴族様ですしね！」

隠し事をしても怒らない二人にホッとする。

「そういうことにしてくれると助かるよ」

その時、不意に女子生徒数人に囲まれた。

「アルライン様！　私達とお話ししませんか？」

「さっきの模擬戦すごかったです！」

「一緒にお茶でもしませんか？」

唐突な話についていけず、俺はあたふたしてしまう。

「え、えーっと急にどうしたの？」

すると女子生徒達は勢い込んで言う。

「急ではありませんわ！」

「あの隻眼の神子様に会えるなんて嬉しすぎます！」

「ぜひ一度、私達のお茶会にいらっしゃってください！」

リョウとミリアに視線で助けを求めるが――

「お、俺、図書館に行かないといけないんだった！」

「わ、私もです。リョウくん、奇遇ですね。一緒に行きましょう！」

「ちょ、二人共……」

俺は二人を必死で止めようとする。

「じゃあ、俺らは図書館に行くから！」

「アルラインくんはごゆっくり！」

結局、逃げられてしまった。

その後俺は、次の授業が始まるまで女子生徒達の相手をする羽目になったのだった。

第八話　誘拐事件

それからしばらく経ったある日の夜――俺はひっそりと物陰に隠れて、とある馬車を尾行していた。ここ最近の王都はハーレス公爵の反乱によって、暗い雰囲気が漂っている。大規模な戦闘は行われていないが、公爵家が反乱を起こしたことで、国民は皆一様に不安がっていた。夜であっても普段であれば人通りがある王都の町も、いつもより人が少ない。

そんな中俺が尾行している馬車は豪華な装飾が施されていて、一目で貴族のものだとわかる。この貴族はついさっきまでとある家を訪ねていて、帰る途中だった。

『ルミエ、いる？』

俺は近くを漂うルミエに念話で尋ねた。

『いるわね。前方の突き当たりに二人。すぐそこの抜け道にも二人』

『一人は闇魔法の使い手よの。あとの三人は風と水と雷のどれか二属性を持っているようじゃな』

ルミエとマレフィのおかげで、襲撃者の正確な位置が把握できた。

『やっぱりハーレス公爵かな』

『そうじゃろうな。リエルを人質にすることで、現在の反乱にお主とエルバルトを引き込む、あるいはお主達を無力化できれば勝ち目は格段に上がるからの』

『それでリエルを狙うなんて最低ね』

ルミエが吐き捨てるように言った。

そう、あの馬車はマーク侯爵家、つまり俺の家の馬車で、義姉上が乗っているのだ。

少し前にダークが報告してきた義姉上を尾行している者について調べた結果、そいつらがハーレス公爵と繋がっていて、かつ義姉上を襲うなら今日の可能性が高いとわかり見守っていたのだった。

『人質を取った方が有効だと考えたんじゃろうな。相変わらず人間は下衆《げす》じゃの』

マレフィも不快そうな表情を浮かべている。

『まあいいさ。義姉上に手を出したこと、後悔してもらうから』

『やりすぎちゃダメよ、アル。ここら辺一帯を壊したりとかしたらアルが怒られちゃうから』

『そうだね。気をつけるよ、ルミエ』

王都のど真ん中だし、ルミエの言う通り派手な攻撃は難しい。それでもやりようはある。

『そろそろ行こうか』

俺はそう言って走り出し、音もなく馬車の上に飛び乗る。同時に敵が隠れていた方向から飛んできた魔法を短刀で切り捨て、その短刀を素早く投げつけた。

「ぐはっ……」

抜け道側にいた男一人を戦闘不能にする。間違っても殺しはしない。

「ち、バレたか。何者だ！」

「さあね」

その時、異変に気付いたらしいメイドが、窓から顔を出した。

「危ない！」

俺はもう一人の男がメイドに向けて放った風の刃を、魔法の障壁ではね返す。

「ア、アルライン様⁉」

「すぐにこの場から逃げて。襲撃されてる！」

俺に気付いたメイドが驚きの声を上げるが、事情を説明している暇はない。指示を出すと、さすが我が家のメイド。混乱しながらもすぐに従ってくれた。馬車の速度が上がる。

「ちっ、行かせねぇよ！　ライ！」

生きて帰す方がまずいと考えたのか、メイドに魔法を放った男が突き当たりにいた男に叫んだ。

「〈黒煙《ブラックスモーク》〉」

ライと呼ばれた男は、呪文を唱える。

馬車が黒い煙に包まれて止まってしまった。同時に叫んだ男が俺に向かって突っ込んでくる。

「死ねや！」

その男は、雷を纏わせた剣を俺の心臓に向かって突き出してきた。

「そんなもので僕を殺《や》れるとでも？」

「へ？」

俺は魔力を込めた左手でその剣を掴み、粉々にする。

「しばらく寝てろ」

「おま……」

魔眼で魔力を吸収し気絶させた。俺は続けざまに魔法を発動する。

「〈転移〉」

転移先は煙に包まれた馬車の中。混乱に乗じて義姉上を連れ出そうとしていた男——先ほどライと呼ばれていた——の手を掴む。

「なっ⁉」

ライが驚きの声を上げる。

「なぜこの煙の中で俺が見える⁉　いやそもそもなぜ起きている⁉」

そう、この煙は魔力がこもっていて、浴びた人間を眠らせる効果があるようだった。そのため、馬車の中の人間は全員意識がない。だが、俺の魔眼は魔法に込められた魔力をも吸収することができる。その力によって煙の効果を消滅させたのだ。まあ、それを正直に教えてやる必要はない。

「そんなこと、どうでもいいよね？」

「な、何を……」

「眠れ」

ライが意識を失って崩れ落ちる。同時に煙が消えた。

「あと一人か……」

『逃げたわよ』

「ちっ」

ルミエの報告に舌打ちした。しかし、俺は動かない。

『追わぬのか？』

『追っても意味ないからね。それに今回の件で、僕の家族に手を出したらどうなるかわかったはずだし。次来たら殺すだけだよ』

『お主は甘いな』

マレフィがため息をついた。

甘くないさ。まだ奴には使い道があるから逃がしただけだ。


その後、襲ってきた男三人を捕縛。アイテムボックスに閉じ込めた。

それから御者とメイドを起こし、何が起こったかを説明。今は家に向かっているところだ。

「ん？　ここは……あれ、アルくん、なんでいるの？」

家までもう少しというところで、ようやく義姉上が目を覚ました。

「な、なんでアルくんの膝の上なの⁉」

義姉上は自分の状態に気が付くと、頬を真っ赤に染めて飛び起きた。馬車の中は揺れがひどかったため、義姉上を膝の上で寝かせていたのだ。

「なぜって、義姉上が意識を失っていたからですよ」

「そういえば、急に黒い煙に包まれて意識が朦朧《もうろう》としたのよね……」

義姉上は頬に手を当てて考え込んでいる。

「とりあえず、事情を説明します」

「お願い」

御者とメイドにしたのと同じ説明を繰り返す。ただし、ハーレス公爵の手の者が誘拐しようとしたことは伏せていた。俺が知っているのはおかしいいし、何より義姉上を怖がらせたくなかったからだ。代わりに侯爵家を狙った不届き者が馬車を襲ったということにして、俺はたまたま居合わせただけと説明した。少し無理はあったが、信じてくれたようだ。若干後ろめたいけど、しばらくはルミエに守ってもらうことにしたし、必要以上に怖がらせることはないだろう。

「義姉上、これからは護衛をつけてくださいね。貴族は狙われやすいのですから」

「ええ、そうするわ。助けてくれてありがとう、アルくん」

「いいえ、義姉上が無事でよかったです」

そう言って微笑むと、義姉上の頬がまた真っ赤になった。義姉上は恐る恐る聞いてくる。

「あのさ、寝顔、見た？」

「え？　はい。かわいい寝顔でしたよ」

なぜそんなことを聞くのだろうと思いながら頷くと、彼女は顔を伏せてしまった。

「……アルくんの、バカ」

「えぇ」

急な罵倒《ばとう》に戸惑ってしまう。

『アル、今のはないわよ』

『お主は本当に女たらしじゃのう』

ルミエとマレフィの呆れた声に、俺は首を傾げる。

『なんで？　ほんとのことを言っただけだけど』

『それがよくないのよ』

『えぇ……』

なんでこんなことを言われるのかわからなくて、いよいよ頭が混乱してしまった。

結局義姉上は、家に着くまで無言だった。


「おかえりなさいませ、アルライン様、リエル様。なぜご一緒に……？」

家に着くとマリーが迎えてくれた。しかし、別々に出かけたのに帰りが一緒なのが不思議だったようで、首を傾げている。

「ちょっと色々あってね。父上はいるかな？」

その言葉で察したのだろう。マリーは納得したような表情で答える。

「エルバルト様でしたら書斎でお仕事をなさっておられます」

「わかった。ありがとう。義姉上は疲れたでしょうから、ゆっくり部屋で休んでください。僕が報告しておきますので」

「わかったわ。ありがとう」

マリーと義姉上と別れ、俺は父上の書斎に向かった。

「父上、アルラインです。入ってもよろしいでしょうか」

「構わない」

低い声が返ってきたので中に入ると、机の上に大量の書類が見えた。今の今まで仕事をしていたようだ。父上は書類から顔を上げ、鋭い目でこちらを見た。

「何かあったのか？」

「はい。先ほど義姉上が襲われました」

その瞬間、部屋の温度が下がったように感じた。

「リエルは無事か？」

「怪我はありません。たまたま居合わせたため、僕が襲撃者を捕縛しました」

「よかった」

父上はほっと息を吐いた。しかし、またすぐに厳しい表情に戻る。

「その襲撃者はどうした」

「アイテムボックスの中に入れています」

「そうか。事情を詳しく教えてくれ」

俺は義姉上にしたのと同じ説明をする。義姉上がさらわれそうになるところでは顔が般若《はんにゃ》のようになり殺気が漏れ出て、息子の俺でさえ身体が震えてしまった。

本気で怒ってる……いや、気持ちはわかるし俺も怒ってるけど、殺気を漏らすのはやめて！　俺でも怖いから！

「あの、父上……」

「あぁ、すまない。面白いことをしてくれたと思ってな」

殺気は収まったが、今度は目が完全に据わっている。もういちいち気にしていてもしょうがないと思い、俺は話を続けた。

「……ということです」

「なるほど。で、本当のところはどうなんだ？」

「本当のところとは？」

嫌な予感がする。

「たまたま居合わせたわけじゃないだろう？」

思わずため息をつきそうになる。父上を騙《だま》すのは難しいようだ。

「はい。もともと襲撃計画があったことは知っていました」

「で、誰なんだ？」

父上は畳《たた》みかけるように聞いてきた。もう俺が知っていることを疑いもしない。

「ハーレス公爵です」

「……なるほど。人質か。だが、どうやって調べたんだ？」

「……精霊が調べてくれました」

本当はダークも調べてくれたけど、それは隠しておく。父上はダークのことを知らないからだ。

「お前は本当に規格外だな」

父上は呆れたように言った。そんなこと、自分が一番わかっている。だが、家族を守るためにその力を使うことになんの躊躇《ためら》いもなかった。

「まあ、今回ばかりはその力に助けられたが。リエルを守ってくれてありがとう」

「いえ、僕にとっても大切な義姉上ですから」

父上は俺の言葉を聞いて満足そうに頷いたあと、すぐに真剣な表情に戻った。

「今後のことを考えなければいかんな」

「それについて僕に考えがあります。実は……」

その夜、父上の書斎は遅くまで明かりが灯っていた。

†

翌日、マーク侯爵家の屋敷の一室にて――

「では出しますね」

「頼む」

俺は、アイテムボックスから義姉上を襲った三人を出した。

「な、なんだ！」

「うおっ」

「ここは……」

三人は急に部屋に放り出されて混乱している。捕縛したあと一度も出しておらず、食事も与えていなかったが、アイテムボックス内は時間が経過しないので問題はない。

「お前は……！」

ようやく一人が俺に気付いたが、両手両足を縛っているため跳ねることしかできない。残りの二人も気付いたようで、ライと呼ばれていた男にいたっては恐怖の表情を浮かべている。

別に大したことはしてないんだけどな。

「君達に聞きたいことがあるんだけど」

「はっ、答えるかよ」

雷を纏わせた剣で俺を襲った奴が吐き捨てるように言った。

さて、どこまでその強気が持つかな？　俺が薄く笑うと、男達は身体をビクッと震わせた。

「アル、悪い顔になってるぞ」

「あ、すみません」

呆れたように父上が言った。だが、父上も軽く殺気を出している。俺に気を取られていた男達は父上に気付いて、さらに顔を引きつらせた。

「お前ら誰だよ⁉」

「そんなことも知らないのか？」

父上の低い声には怒りが混ざっていた。

「リエルの義父だが」

「僕は義弟だね」

「てことは剣聖と隻眼の神子か！」

ちょっと！　隻眼の神子はやめて、ホントに。なんでこんな奴らまで知ってんだよ！

思わず頭を抱える俺を父上は呆れた目で見ると、一つため息をついて言った。

「その通りだ。君達が私の質問に素直に答えてくれるなら、解放することを考えてあげよう」

父上の言葉に男達は目を見張る。三人のうちの一人が言う。

「信じられるか、そんな言葉！」

「別に信じなくてもいいが、無理やりにでも聞き出すだけだからな」

父上の言う無理やりとは、拷問《ごうもん》を指す。さすがにそれは嫌なのか、男達は考え込んだ。

先ほどの男が確認してくる。

「本当に解放してくれんのか？」

「まあ、私が欲しい情報を持っていたら考えてやろう」

すると、一度も喋っていなかったライが口を開いた。

「俺は答える。どう頑張っても隻眼の神子には勝てないからな」

「お前がそんな風に言うとはな……それなら俺も答えよう」

「俺は兄貴達の決定を尊重するっす」

全員が答えると言ったことで、父上の表情が少しだけ緩む。

「じゃあまず、お前達の名前を教えろ」

「ロビン」

「俺はライだ」

「リキっす」

俺を剣で襲ったロビンがリーダー格のようだが、能力的にはライの方が上で、リキが二人の部下といったところだな。

「じゃあ一つ目の質問だ。お前達はハーレス公爵の手の者か？」

父上の質問に三人は固まった。まるでメデューサに睨まれたかのようだ。これくらい予想できただろうに何を驚いているのか。正直話が進まなくてイライラする。

「お前達はハーレス公爵の手の者かと聞いている」

父上は苛立ったように再度問いかけた。

「な、なぜそのことを知っている⁉」

ようやくロビンがうわずった声を上げた。いや、答え言っちゃってるし。

「状況を考えれば当たり前だろう。何を今さら驚いてる」

父上がため息をついた。こんなに苛立ちをあらわにしている父上は初めて見る。まあ、俺も人のことを言えないくらいに表情に出ていると思うが。

「じゃあ、二つ目の質問――」

「がっ！」

ひとまず尋問を続けようとしたところ、突然、ロビンが苦しみ始めた。

俺と父上は予想外の事態に慌てる。

「おいロビン！　大丈夫か⁉」

「兄貴⁉」

ライとリキも声を上げる。こいつらにとっても予想外だということか。

その間にもロビンのうめき声は弱くなっていく。

「一体何が……？」

俺は呟いた。しかし、すぐに一つの考えに行き着く。

「父上！　毒かもしれません！」

「毒⁉　なんでそんなものが……いやそれより解毒《げどく》できるか⁉」

「やってみます！」

今まで使ったことはない魔法だが、なんとかなるはずだ。

「〈解毒《キュア》〉」

かざした手の平から白い光が溢れ、ロビンを包む。が、次の瞬間――

パチンッ！

「なっ⁉」

高い音と共に光が弾けた。ロビンはいまだに苦しんでいて、解毒に失敗したことがわかる。

「なぜ……？」

白い光が現れたから魔法は発動できていた。込めた魔力量も大抵の毒を解毒できるレベルだったはず。それなのに弾かれるとは一体……

「ああもう！　面倒くさい！」

考えてもしょうがない。早くしないと大切な情報源が死んでしまう。それだけは避けなくては。

「おい、何を……」

父上が俺の様子によくない雰囲気を感じ取ったらしく、慌てて声をかけてきた。

しかし、時すでに遅く。

「〈状態異常完全解除《パーフェクトキュア》〉！」

俺がそう唱えると、両の手の平から先ほどとは比べ物にならないほど大量の白い光が溢れ出した。

「これは……！」

ライが呆然と呟いた。リキにいたっては、目玉が転げ落ちそうなほど目を見開いて口をぽかんと開けていた。

「あ、あれ？　俺は……」

光が収まるともうロビンは苦しんでおらず、ただ状況が呑み込めずにキョロキョロと視線を彷徨《さまよ》わせていた。

「お前は相変わらず……」

父上がジト目を向けてくる。あ、やりすぎた……イライラして光属性の最上級魔法を使ってしまったらしい。状態異常を全て無効化するこの魔法が普通に使えるものであるはずがない。思わず視線を逸らす。

「まあ、今回は助かったが」

父上は諦めたように言った。よかった、お咎《とが》めはなしのようだ。

俺は気を取り直して、いまだに戸惑っているロビンに聞く。

「身体の調子はどう？」

「身体の調子？　いや、大丈夫だが……はっ！　そういえば急に苦しくなって……」

ようやく自分がどんな目に遭ったか思い出したらしい。ロビンの顔が真っ青になる。

「もう大丈夫だから。それより、なんでこんなことになったか心当たりはある？」

「あ、ああ。心当たり？　いや、ないが……」

大丈夫という言葉に安心したようだが、質問には首を傾げた。本人にも心当たりがないのか。

困ったな。するとマレフィが急に念話を飛ばしてくる。

『契約の魔法じゃな』

『契約の魔法？』

『そうじゃ。契約に背《そむ》いた場合、相手を呪い殺す魔法じゃの。今回はかけられた側は契約そのものを知らなかったようじゃが』

『そんなことできるの？』

『まあ高位の魔法使いならできないことはない。相手の身体の一部、髪の毛などがあれば可能よの』

かなり恐ろしい魔法だな。そんな魔法をハーレス公爵が使う、あるいは使える魔法使いが周りにいるということは正直予想外である。危険極まりない。

『ちなみに、その魔法は解除されてる？』

『さっきのお主の魔法で解除されておる。契約の魔法も一種の状態異常だからの』

『よかった。教えてくれてありがとう』

『ふんっ。これくらいどうってことないわ』

照れ隠しだろうか、そっぽを向いて言うマレフィ。最近、やっと彼女の気持ちがわかるようになってきた気がする。だいぶ天邪鬼《あまのじゃく》のようだ。

今回の尋問で、ハーレス公爵の手の者は知らないうちに契約の魔法をかけられている可能性が高いとわかった。たぶん、ハーレス公爵に関わる情報を敵に流した時に発動する仕組みだろう。情報を手に入れるためにもさっさと解除するべきだな。しかし、本当に胸糞《むなくそ》悪い真似をする。さっさと潰すべきだろう。俺は笑みを浮かべた。

「どこで育て方を間違えたかな……」

父上が何やら呟いたが、俺には聞こえなかった。


「これで魔法は解けたはずだよ」

「まさか俺達に契約の魔法なんてものがかけられていたとはな」

「知らなかったっす」

「闇魔法の使い手である俺が気付かなかったなんて……」

その後、俺が三人にかけられていた契約の魔法について説明するとライ、リキ、ロビンはがっくりとうなだれていた。

「まあ、あいつにとってお前らはただの駒だろうからな」

父上の言葉に余計に落ち込む三人。可哀想だが、ハーレス公爵と組んで義姉上に手を出したのだ。三人もハーレス公爵と同罪だと思う。

「で、これでもまだ向こうに味方するのか？」

父上が尋ねた。その言葉にロビンは首を横に振る。

「いや、あんたに従おう。契約の魔法を解いてくれなかったら、俺もこいつらも死ぬところだったんだ。俺一人ならともかく、ライもリキも大切な仲間。こいつらを殺そうとした公爵は許せねえ」

ライとリキは感激した表情でロビンを見ている。父上は少し表情を緩めた。

「改めて聞くが、お前達はハーレス公爵に従って動いていたんだな？」

「ああ」

ロビンが頷いた。これで、ようやく言質《げんち》を取れた。父上は続けて質問する。

「お前達はなぜハーレス公爵に従っている？」

「俺達三人は孤児だ。小さい時にスラム街を彷徨《さまよ》っていたところを拾ってもらって、それ以来裏で動く者として訓練された」

「そうか」

父上は一瞬目を伏せた。もしハーレス公爵に拾われることがなければ、ここにいなかったのかもしれない。だが、代わりに死んでいた可能性もある。ただただ道を踏み外すしかなかった彼らが不《ふ》憫《びん》だった。

結局かけるべき言葉を見つけられなかったらしく、父上は話を変えた。

「なぜリエルを狙った？」

「人質にして剣聖と隻眼の神子を公爵側に引き入れるためだ」

「アルの予想通りか」

ロビンの答えを聞いて、父上はため息をついた。

「父上、僕からもよろしいですか？」

「構わない」

俺は許可を取ると、ずっと疑問に思っていたことを聞いた。

「なぜ父上と僕を味方にしようとしたの？」

「「「はっ？」」」

父上含め四人が心底意味がわからないという声を上げる。まあ、剣聖と隻眼の神子を味方につけたいのは強いからに決まっているのだが、俺が聞きたいのはそこではない。

「ウォルフェイム平原で行われる戦いなのに、なぜ僕や父上を意識する必要がある？」

「っ!?　確かに……」

父上がはっとした表情になる。どうやら気付いたようだ。

王都にいる俺や父上を警戒する理由……そんなもの、王都に攻め込む計画だからに決まっている。

しかし、王国の中心部に簡単に入れるわけがない。俺はそこまで考えつつ、ロビンの言葉を待つ。

「それは……」

ロビンは一瞬躊躇《ためら》うが、何かを振り払うように首を横に振って言う。

「ウォルフェイム平原での戦いは行われないからだ」

「……どういうこと？」

言っていることの意味がわからず、俺は聞き返した。

「あの方はウォルフェイム平原で戦うつもりはない。もう王都にいて、今にも王城に攻め入ろうとしているだろうよ」

「どういうことだ！」

父上が声を荒らげた。

ウォルフェイム平原で戦わない？　すでに王都にいる？　意味がわからなかった。今ハーレス公爵が厳重に警備されている王都に入れるはずがないのだ。しかも、王城を陥落させられるほどの兵を率いてなど、なおさら不可能。だが、ロビンが嘘を言っているようにも思えない。

まさか、公爵は秘密裏に王都に入ることができるルートを知っている？　そうとしか考えられない。俺はさらに尋ねる。

「ハーレス公爵はどうやって王都に？」

「つい最近、迷宮で見つかった古代遺物《アーティファクト》を使うと言っていた。どうやら、そいつを使えば王都内の好きな場所に何人でも転移できるらしい」

ロビンの言葉に俺と父上は絶句した。なんとか俺は言葉を絞り出す。

「……つまり、公爵はすでに王城にいると」

「ああ」

ロビンは淡々と返した。そして、さらに驚きの事実を告げる。

「王立魔法学園にも兵が向かってるはずだ」

「なんだって!? どうして!?」

ロビンの言葉を聞き、俺は思わず大声を上げた。

「王女と王子を捕らえるためだ」

その瞬間、俺は部屋を飛び出し学園に向かって走り出した。

俺は父上の許可をもらって休んでいるが、今日学園では通常通り授業がある。義姉上も学園に行っていた。しかも――王女とはシルティスクのことじゃないか！

陛下からも「あの子を頼む」と言われているが、それ以上に友人として彼女が傷つくのを俺は望まない。

「おい！　アル！」

父上が驚いて声をかけてきたが無視する。頭の中は彼女のことでいっぱいだった。

シルティスク、無事でいてくれ……！

第九話　想いと共に

アルラインが襲撃者に尋問をしている時、シルティスクは学園にいた。

「今日はアルラインくんはいらっしゃらないのね」

休憩時間、周りを見て呟いた。あの授業での模擬戦以来、タイミングを失ってしまい、一度もアルラインと話せていなかった。が、今日こそはと思って気合いを入れて来たら、アルラインは休み。

拍子抜けしてしまった。

（せっかく同じ学園で同じクラスなのに寂しいわね）

「シルティスクさんって、アルラインと仲良いのか？」

シルティスクは突然後ろの男子に話しかけられた。席はいつも自由なので、今日たまたま後ろの席に座った男子だ。

（この人は確かいつもアルラインくんといる……）

シルティスクの戸惑った表情に気付いたのか、男子は慌てて名乗った。

「あ、急にごめん。俺はリョウ。アルラインの友達だ」

「リョウさんというのですか。初めまして。私はアルラインくんの……」

シルティスクは言葉につまってしまった。

仲が良いかと聞かれると、どう答えていいかわからない。アルラインとはギルドで会った数回と模擬戦の時くらいしか話したことがなかった。しかし、模擬戦の時には魔法を教えてもらう約束をしたし、仲が良いと言ってもいいのかもしれない。王城で育ったシルティスクは、今まで友人と呼べる者がいたことがなく、混乱してしまうのは当然だった。

「わからない、です……」

「えっ？」

リョウは驚いたように目を見開いた。それから、シルティスクに尋ねる。

「うーん、模擬戦の時に仲良さそうに話していたから、知り合いなのかと思ってたんだけど。違った？」

「仲良さそうに見えてましたか。確かにアルラインくんのことは知っていましたが、まだ知り合ったばかりなのでなんとも……仲良くなれたらいいなと思っているのですけど……」

最後の方は小さな声になってしまったシルティスク。なんとなく恥ずかしくなったのだ。

「もしかして……」

「どうかされましたか？」

リョウの呟きにシルティスクは首を傾げるが、彼がなんでもないと首を横に振ったので気にしないことにした。

「シルティスクさん、友達になろ！」

唐突に申し出たリョウ。シルティスクは困惑する。

「えっ……？」

「あっ、い、嫌だったらいいんだけど……アルラインと仲良くなりたそうだし、それなら俺も友達になれたらなって思っただけだから！」

慌てたように言うリョウに、シルティスクは微笑む。

「ありがとう。そんなこと初めて言われたから、驚いてしまっただけよ。よろしくね」

「初めてなの!?　意外だ……シルティスクさんって、美人で魔法も得意で憧れられてるイメージだったから」

「美人……？」

シルティスクはこてんと首を傾げる。

不細工ではないと思うけど、美人と言われるとは思っていなかった。メイドのフィーメルがよく可愛いだの美人だの言ってくれるが、彼女はほとんど身内なので気にしていなかった。

だが実際、シルティスクは美人だ。銀色の長髪。大きなラベンダー色の瞳。ぷるんと艶《つや》やかな唇。肌は雪のように真っ白で、まるで人形のよう。しかし、本人はいたって無自覚だった。

「自覚なし……そうか！　シルティスクさん、美人すぎて逆に近寄りがたいんだ！　高嶺《たかね》の花《はな》的な」

「そうなのかしら……？　自分ではよくわからないのだけど」

シルティスクの言葉を聞いて、リョウは苦笑いする。今話しているだけでも男子の嫉妬《しっと》の視線が怖いというのに、シルティスクは一切気付いていない。

面白い人だなとリョウが感じたその時、急に外が騒がしくなった。

「なんだ……？」

リョウは鋭い視線を教室の扉に送る。つられてシルティスクも扉の方を見た。

「やめ――！」

「そこを――！」

ガタン！　ドタッ！

争うような声が聞こえたあと、大きな音がして静かになる。

何が起きたのか確認するためリョウが腰を浮かせた瞬間、扉が乱暴に開かれ、鎧姿の兵士達が教室になだれ込んできた。

ほとんどの生徒が戸惑う中、リョウは剣に、シルティスクは杖に手を添える。

そんな中、たった一人悠然と兵に近づいていく生徒がいた。

「ご苦労様」

「はっ」

ラヴィエル・フィル・モルト。アルラインと決闘しぼろ負けした伯爵家の嫡男が、兵のリーダーらしき男に声をかけたのだ。しかも、まるで兵の男の上司のように。

「ラヴィエル様、これはどういうことかお聞かせ願えますか？」

いつも貴族にびびっているリョウが、この時ばかりはきつい口調で問いただした。

「平民は黙ってろ！　僕は王女に話がある」

「はっ？　王女？」

横暴な口調で告げられた言葉に、リョウは唖然とする。しかし、ラヴィエルはリョウに見向きもせずシルティスクに近づくと、片膝をつき笑みを浮かべて片手を差し出した。

「シルティスク・フィル・リルベルト第一王女殿下。ご同行願えますか？」

「「「「はぁぁぁぁ!?」」」」

クラス中から驚きの声が上がった。リルベルト王国の王族は、成人まで人前に出ず名前も明かされないのが普通。それは王女、王子の自由を守るためだ。

全員が固唾《かたず》を呑んでシルティスクを見守った。

「なぜ私が王女であることを知っているのかしら。それに、なぜあなたに同行しなければならないの？」

シルティスクが王女であることを否定しなかったので、生徒全員が絶句した。しかし、ラヴィエルはさらに笑みを深めるだけだった。

「そうですね。すでに王城にハーレス公爵の兵が入り込んで、間もなく制圧されるからと言えばわかるでしょうか」

その言葉は、生徒達をさらなる混乱に陥れるのに十分な威力を持っていた。

「どういうことかしら？　ハーレス公爵の軍はウォルフェイム平原にいるはず。あなたの言葉には信憑性《しんぴょうせい》がないわ」

声を張るシルティスク。その言葉を聞いて、生徒の多くは冷静さを取り戻した。シルティスクは王女に相応しい風格を以てして、ラヴィエルと対峙《たいじ》していた。

「古代遺物《アーティファクト》があれば可能なのですよ。ウォルフェイム平原から王城に移動することなどね」

「なっ⁉」

その言葉にはシルティスクも驚かざるをえない。そんな古代遺物《アーティファクト》は聞いたこともないが、嘘にしてはラヴィエルの余裕そうな表情が気になる。シルティスクは混乱していた。

ラヴィエルはスッと立つと、笑みを消して言う。

「王女殿下、あなたに拒否する権利はないのですよ。あなたが抵抗するなら、こちらにも考えがあります。お前ら、やれ」

「「「はっ！」」」

ラヴィエルの指示で、兵達が素早く近くの生徒の首に剣を突きつけた。いくら優秀な王立魔法学園の生徒といえども、まだ十歳の子供。本物の兵から逃れることなどできない。

シルティスクはラヴィエルを睨みつける。

「何を……」

「人質ですよ。あなたが従わないなら、一人ずつ殺していくだけです。多少子供が減っても特に困らないでしょう」

「やめて！」

シルティスクは思わず叫んだ。狂ってる。誰もがそう思った。

「では、同行していただけますね」

「わかったわ」

「シ、シルティスクさん!?」

ついていけばシルティスクの身が危ない。そう思ったリョウが引き止めようとするが、彼女は微笑んで言う。

「大丈夫」

その声は震えていて、シルティスクの恐怖を物語っていた。しかし、シルティスクは毅然《きぜん》とした表情でラヴィエルを見た。

「従ってもらえてよかったです。では、行きましょうか」

「ええ」

シルティスクが、差し出されたラヴィエルの手を取ろうとしたその時だった。

「ちょっと待とうか」

突如現れたアルラインが、シルティスクの手を握っていた。

†

「ちょっと待とうか」

俺——アルラインはシルティスクの手を握って、自分の方に引き寄せる。ラヴィエルが口を開けてぽかんとしていた。瞬時に周りを見回すと、全員無事のようだった。

間一髪！　間に合ってよかった！

学園が襲撃される情報を聞いて走ってきたが、すでに学園には兵が詰めかけており、門は封鎖されていた。結局一人一人倒しながらここに来ようとしたのだが、途中生徒を人質に取られた教師に何度も遭遇《そうぐう》。生徒に危害を加えられる前に敵を倒さなければならず、時間がかかりすぎた。

その後、転移が使えることを思い出し、慌ててここに飛んだのだった。

シルティスクは連れ去られる寸前だったようだから、思い出すのが少しでも遅かったら間に合わなかったかもしれない。

「アルラインくん⁉」

シルティスクの言葉ではっと我に返る。

彼女の目を見て微笑むと、シルティスクの顔は真っ赤になった。

「遅くなってごめん」

「だ、大丈夫よ。間に合ったのだから」

真っ赤になって俯くシルティスクが可愛らしくて、ついついからかいたくなる。だが――

「お、お前！　なぜここにいる⁉　というか、どうやって入ってきた⁉」

俺は笑みを打ち消し、ラヴィエルに視線を送った。

「別に遅刻したから急いで来ただけだけど」

「嘘つけ！　お前の義姉はハーレス公爵の手の者に……」

ラヴィエルははっと気が付いて口を閉じた。だがもう遅い。

「へぇ。君は義姉上の誘拐にも関わってたんだ。道理で都合がよすぎると思ったよ」

しかも、今日はランスロット先生がいない。王宮で今回の反乱についての会議があると事前に生徒達に連絡があった。

今ここで王女を捕らえれば、王城を制圧できると考えたのだろう。無駄に悪知恵ばかり回る。

「はっ。どうとでも言え。貴様がここにいるということは、義姉を見捨てたのだろう？　人でなしだな」

「何を言っているのかわからないね」

なぜ俺がここにいると、義姉上を見捨てたことになるのか。

「義姉上は今日も学園に来ているけど？」

「はっ……？」

ラヴィエルはありえないという顔になる。

「だから誘拐されてないよ。ちゃんと襲撃者は捕まえたしね」

「……ちっ、使えない奴らだ」

「いいの？　そんなこと言って。君の主《あるじ》の部下でしょ」

すると、ラヴィエルは急に笑い出す。

「僕の主だと？　ハーレス公爵がか？　何を言ってる。僕は僕のために公爵に協力しているだけだ。決して仕えているわけじゃない」

最後の言葉は半《なか》ば自分に言い聞かせているようだった。

「そう……でも君の家も王家の敵に回るなんてね。それとも当主の意向を無視した君の独断かな？」

「ふんっ！　貴様には関係ないな。僕は僕の力を見せて、父上を納得させるだけだ」

つまり独断、と。家を潰す行為だってわからないのかね。

内心でため息をつく。が、こんな問答もそろそろ終わりだろう。

「まあいい。早くその王女を渡せ。見ればわかるだろう。生徒を人質に取っている以上、いくら強くとも貴様に勝ち目はない」

先ほどの暗い雰囲気から一転、自らの勝利を確信した笑みを浮かべて、ラヴィエルは言い放った。

「そうかな？」

俺も笑みを浮かべる。と同時に右手を一振りした。

「えっ……？」

誰かの呟きのあと、バタンと大きな音が響いた。それも、いくつも、いくつも。

音が止まった時、兵は全員倒れていた。ラヴィエルが驚いた顔で尋ねてくる。

「な、何をした⁉」

「圧縮した魔力を当てて、その衝撃で意識を奪っただけさ。死んではいない」

俺は今まで人を殺したことはない。盗賊討伐、闇ギルドの制圧、昨日の誘拐騒ぎ、そして今。何度も人を殺すタイミングはあった。殺したって罪に問われることもなかっただろう。それでも、殺さなかった。

いや――殺せなかったのだ。

日本という平和な世界で育った俺にとって、死はあまりに非現実的で、たとえ悪人であろうとも自らの手で命を絶つということができなかった。俺はこれからもこの生き方を続けていく。

「き、貴様……！」

ラヴィエルは憎悪と恐れがないまぜになった目で俺を見た。

「ごめんね」

その言葉は自然と滑り出た。反乱は重罪だ。今殺した方がラヴィエルにとってよっぽど楽だろう。

それでも俺は殺せないから、それに対する謝罪だったのかもしれない。

ラヴィエルは俺の言葉を聞いて目を見開く。我に返ったらしく慌てて剣を構えようとしたが、それよりも早く俺は魔法を発動、ラヴィエルはその場に崩れ落ちた。

その直後、教室は静寂に包まれる。しかし、それは一瞬だった。

「「「「うおぉぉぉ！」」」」

突如湧き上がる歓声。俺は身体をびくりと震わせた。

「はぁ……」

思わずため息をつくと、腕の中のシルティスクが首を傾げる。

「アルラインくん？」

「あーいや、なんでもない」

俺はそう言ってシルティスクに微笑む。するとその時、リョウが駆け寄ってきた。

「アルライン、お前本当に強いのな！」

「はは、まあ父上に鍛えられているからね」

咄嗟に父上を言い訳に使う。いやまあ模擬戦していたのは本当だし。

「お前の父さんは剣聖だもんな。剣聖に稽古をつけてもらえるなんて羨ましいぞ！　俺らを助けてくれてありがとな」

「友人を助けるなんて当然だよ。気にしないで」

リョウと笑い合うと、腕の中でシルティスクが身じろぎした。

「あ、あの、アルラインくん？」

「何？」

にっこりと笑ってシルティスクを見ると、彼女は顔を真っ赤にして俯いた。

「あ、あの、もうそろそろ放してくれると……」

シルティスクの手を握って抱き寄せたままだった。

「ご、ごめん！」

すぐにシルティスクから離れる。

「い、いえ」

シルティスクはまだほんのり顔を赤くしていた。

微妙な空気が流れたが、彼女は一つ咳払いして口を開く。

「アルライン様、助けていただきありがとうございます。この場を代表してお礼を言わせていただきます」

丁寧な口調で言うシルティスクは、王女らしく堂々としていた。

「いえ、僕は屋敷にて学園の襲撃情報を聞いて駆けつけただけですので、お気になさらず。王女殿下が無事で良かったです」

胸に手を当てて臣下の礼を取る。その時、上の方から微かに悲鳴が聞こえてきた。

『アル、急いだ方がいいわ』

『王城の方もじゃ』

学園の中と王城を偵察してくれていたマレフィと、義姉上についていたルミエが戻ってきて言った。相当やばいということか。

「どうした？」

突然黙った俺を見て、リョウが不思議そうな顔をしたが、答えている暇はない。

「シルティスク、王子殿下の教室はどこかわかる？」

「なんでアルラインくんがお兄様のことを……いや、今はいいわね。二つ上の階の端だったはずだけど」

「ということは三年生か」

王子のことは義姉上を捕らえようとしたロビン達から聞いたのだけど、今説明しても仕方ないだろう。

「王子殿下の方も危ないみたいだ」

「そんな！」

信じられないという風にシルティスクが叫んだ。

「シルティスクも一緒に来てくれるかい？　まだ君を狙ってる奴がいるかもしれないから」

「わ、わかったわ」

また敵が来ないとも限らないのだ。シルティスクもそのことに気付いてか、声が震えていた。

「じゃあ、失礼するよ」

俺はそんな彼女をお姫様抱っこする。

「えっ……きゃっ！」

不敬だと思うけど、急がないといけないので我慢してもらおう。

「リョウ、あとは頼むね！」

「お、おう！」

リョウに声をかけると、俺は三年の教室に向かって走り出した。


「ア、アルラインくん！　きゃっ！」

「喋らない方がいいよ。舌を噛んじゃうから」

俺はシルティスクを抱えて廊下を猛ダッシュしていた。

なぜか廊下には誰もいない。一階には多くの兵がいたにもかかわらず、三階はびっくりするほど静かだ。先生達が一階で兵を食い止めようとしたからかもしれない。

王子がいるという教室にはすぐ着いた。物音を立てないようシルティスクをそっと下ろす。

「あ、あの……」

「しっ、静かに」

俺が人差し指を口に当てて言うと、シルティスクは慌てて言葉を呑み込んだ。

扉の中の音を聞こうと集中したその時、聞き慣れた声が聞こえてきた。

「やばっ！」

それは義姉上の悲鳴だった。俺は迷わず扉を開けて中に飛び込む。

俺達の教室と同じように大量の兵が生徒達を囲んでいた。抵抗したのか、怪我をしている生徒が多い。兵の方も多少傷を負っていた。義姉上を捜すと、壁にもたれてぐったりしている彼女を見つけた。部屋の中央では、銀髪の少年を含む三人の生徒が背中合わせに杖を構えて、彼らを囲う兵を睨みつけていた。

「何者だ!?」

教室中の目が俺に向けられ、銀髪の少年と向かい合っていた兵の司令官らしき男が怒鳴ってきた。

が、知ったことではない。俺は瞬時に義姉上に駆け寄って回復魔法を使った。

「〈回復《ヒール》〉」

義姉上は頭を打って意識を失っていただけのようで、すぐに目を覚ました。

「うん……？　ここは……？」

「義姉上、怪我はありませんか？」

混乱した様子の義姉上は、はっとした表情を浮かべる。

「け、怪我……あっ！　あの兵達は!?」

「まだそこにいますよ」

「まずいじゃない‼　って、アルくん？　ど、どうしてここにいるの⁉」

「もちろん義姉上を助けるためです」

「えっ？」

本当は王子を助けに来たのだけど、俺にとっては義姉上の方が大事だから間違いではないだろう。

俺の行動に呆気に取られて固まっていた兵達は、ようやく動きを見せた。

「貴様……その女の弟ということは、マーク侯爵家の隻眼の神子か」

「正解」

最初に怒鳴った兵が、苦虫を噛み潰したような表情を見せた。しかし、俺はそれを無視して銀髪の少年に声をかける。

「王子殿下でいらっしゃいますか？」

「あ、ああ、そうだ。君は……」

王子はシルティスクと似た雰囲気を持つ顔に、困惑の色を浮かべていた。

俺は笑顔で王子に告げる。

「この場にいる全ての兵を制圧させていただきますね」

「「「なっ⁉」」」

王子をはじめ、兵も生徒も関係なく声を上げた。彼らは俺がすでに大量の兵を鎮圧していることを知らないのだから当たり前だ。

「舐めたこと言いやがって！　貴様はこの場で殺す！」

司令官が激昂する。王子も戸惑っている様子だ。

「き、君、大丈夫なのかい⁉」

「大丈夫ですよ」

俺は王子に軽く返した。そして、司令官の男を睨みつける。俺は激怒していた。

「義姉上を傷つけた報いを受けてもらいますよ」

「っ⁉」

今の今まで話していた兵の目の前に高速で移動する。

「な、消え……」

「遅い」

その兵が言い終わる前に鳩尾《みぞおち》に拳を叩き込む。

「まずは一人」

兵が崩れ落ちるのを見ずに剣を抜くと、王子達を囲っていた兵を三人まとめて切る。

「うわぁぁぁっ‼」

「いてぇ！」

「俺の腕がぁぁぁ‼」

一人として殺してはいない。両腕を切断しただけだ。のたうち回る兵を一瞥する。

「お前らは自分がしたことを考えろ」

俺は吐き捨てるように言った。これであとは、他の生徒を人質に取っている兵だけになった。

兵達に罪はないと思うかもしれない。しかし、今倒した四人は明らかに楽しんでいた。王子が戦おうとしているのを見て、他の生徒が傷ついているのを見て、うっすら笑っていたのだ。

そのことが、余計に俺の怒りに油を注いだ。さっきのように失神させてもよかったのに、そうしなかった理由の一つでもある。

「さて、他の人達はどうしますか？　ここで諦めますか？　それとも僕を倒しますか？」

俺は周りを見渡してあえて挑発する。すでに腰が引けている兵も多い。

だが俺は、ここで引くつもりはなかった。もうこんなバカなことをしないように教え込む必要がある。たとえ命令されたからといって、子供を人質に取って王族を誘拐するなど言語道断だ。

「くそっ！」

一人が闇雲に切りかかってきた。簡単に避けて足を払う。

「ぶへっ」

無様《ぶざま》にこけた。俺は魔法でそいつの剣を粉々にする。

「俺の剣が……！」

「とりあえず眠れ」

「ぐあぁっ！」

魔法で電気を流し、気絶させる。その瞬間、殺気を感じた。

「危ないっ！」

王子の叫び声が聞こえたが、慌てずに襲ってきた風の刃を剣で斬る。

「この距離で対応するのね」

俺に杖を向けながらそう言ったのは、黒いローブを着た女だった。

「やっと姿を現しましたね」

「やはり気付いていたみたいね」

「当たり前でしょう。気配を完璧に消しすぎです。不自然に魔力反応がない場所があれば気付きますよ」

この教室に入った時から、俺は違和感を覚えていた。これだけ兵が密集している場所で、明らかに一ヶ所だけ魔力反応が全くない場所があったのだ。しかも、俺はその場所に誰がいるのか、正確には何をしようとした奴がいるのかわかっていた。

だから警戒していたし、そのおかげで先ほどの攻撃を防ぐことができた。

「さすがね。その歳でどれだけの経験をしているのかしら？」

女は興味深げに言う。女のそばには生徒がいるため、俺は女から意識を逸らすわけにはいかない。

俺は隙を見せないよう慎重に尋ねる。

「で、なんの用ですか？」

「あら、こんな魅力的な女と話していてつまらないのかしら」

「何を。今すぐこの場で斬り捨てられたいですか？」

暗い緑色の長い髪、黒いローブに映える白い肌。目鼻立ちも整っており、確かに美人と言えるだろう。

しかし――

「義姉上をさらおうとしていた女と話しても、楽しいわけないでしょう」

「あらら、バレちゃってたのね」

そう、この女こそ義姉上が乗った馬車をつけ狙い、唯一俺から逃げた奴だった。義姉上が誘拐されそうになったあの時、俺は最初に襲撃者の位置を特定した時点で本人たちにばれないようにこっそり四人全員に魔法で印をつけていたのだ。だからこの女が逃げても追わなかった。誰が義姉上を襲おうとしたのか、それを確かめたかったから。実際は、この女は主のもとに戻らず、魔道具か何かを使って報告したようだから目論見《もくろみ》は外れたが、役に立ったから結果オーライだろう。

「なんでわかったか聞いてもいいかしら？」

「あなたが知る必要はありません」

「あら、残念」

断られたというのに楽しそうに笑う女を睨みつける。

「で、用件は？」

「あなたの足止め」

女の殺気が一気に膨れ上がった。俺の背中に冷たい汗が一筋流れる。

「足止め、ですか。そういえば、ハーレス公爵は何か言っていましたか？　仕事を失敗したのですから、さぞお怒りだったのでは？」

俺はあえて相手の思惑に乗ることにした。王城には父上もランスロット先生もいる。そう簡単には制圧されないだろう。今俺にできるのは、情報を得ることだ。

「そうでもなかったわよ。今回の作戦では全滅しないことが重要だったの。生きて報告した私はちゃんと評価されたわよ」

女は軽く笑みを浮かべて言った。ハーレス公爵は無能ではないらしい。

だが、それだけ部下をきっちり評価できるような人物が、よく国を治めている現国王に対してなぜ反乱を起こしたんだ？　疑問に思いながらも、俺は質問を続ける。

「そうですか。では、なぜ僕の足止めを？　義姉上を誘拐できなかった以上、父上が国王側につくことは明白。剣聖である父上を止めにいった方がよかったのでは？」

「あら、それは愚問じゃないかしら。確かに剣聖は脅威だわ。でも、あなたの方がもっと脅威でしょう。だってあなたの能力は未知数なんだもの」

女はそう言ってふふっと微笑んだ。

俺は思わずため息をつきそうになる。無駄に高い評価のせいで襲撃者を差し向けられるとは。隻眼の神子という呼び名が心底恨《うら》めしい。

「まあ、いいです。で、単刀直入にお聞きしますが、ハーレス公爵は何をしたいのですか？」

「本当に正直ね。答えると思うかしら？」

「いいえ。ですが、答えてくれなくてもあなたを倒して王城に行くだけです」

ただ、不確定な要素は少ない方がいいだろう。

「ふふっ、すごい自信ね。まあ、確かに私じゃあなたに勝てないでしょうね」

そう言いながらも、女は余裕の笑みを崩さない。なぜだ？　勝てないと思っているのにこの態度。不気味すぎる。俺が内心首を傾げていると、女が不意に言う。

「あなた、私と取引しない？」

女は余裕そうな表情を浮かべたままだが、俺はあることに気付いた。

よくよく見なければわからないけど、女の手が震えているのだ。表情に反して恐怖を感じているようだった。俺はひとまず女の要求を聞くことにした。

「取引とはなんでしょう？」

「あら、聞いてくれるのね。私の身の安全と引き換えに情報をあげるわ。これでどう？」

思わぬ提案に驚いたものの、冷静を装って尋ねる。

「僕に都合がよすぎる気がしますが……身の安全とは具体的には？」

「私をあなたの部下にしてくれない？　代わりにハーレス公爵について教えてあげる」

かなり条件がいいな。義姉上を狙った人間を仲間にするなど気は進まないけど、かなり腕が立つようだし、仲間にしておけば後々役に立つかもしれない。寝返るなら俺が始末すればいい。

俺は義姉上を見る。話についていけてないのか、ぽかんとしていた。

「義姉上」

「えっ？」

「彼女はこう言っていますが、どうしますか？」

「ど、どうって言われても……」

いきなり話を振ったせいで、義姉上は目を白黒させていた。が、誘拐されかけたのは義姉上なのだから、義姉上が嫌と言うのならこの女を捕まえるだけだ。

少し考える様子を見せてから、義姉上は言う。

「アルくんに任せるわ。私のことは気にしないで」

「わかりました」

義姉上の俺に対する強い信頼をその瞳の中に見て、俺は決心した。

「あなたの要望を呑みましょう」

「「「はぁ⁉」」」

周りで黙って見ていた人達が素《す》っ頓狂《とんきょう》な声を上げる。だが、今は無視だ。

「まさか本当に呑んでくれるとはね。それじゃ――」

「ただし！」

俺が割り込むと、女は一度緩みかけた表情を引き締めた。

「僕の大切な人を傷つけたり裏切ったりした場合は、それ相応の報いを受けてもらいますので、そのつもりで」

「わ、わかったわ」

次は許さないという意味を込めた強い視線を女に投げかけると、女は明らかに身体がすくんでいた。

俺はそこでようやく肩の力を抜いて尋ねる。

「名前は？」

「レリーナよ」

レリーナ。その名前を口の中で呟く。絶対に裏切らせはしない。

「よろしくね、レリーナ」

「こちらこそ、頼んだわ」

俺とレリーナは笑みを交わした。

「なっ、貴様！　裏切るのか!?」

俺とレリーナの会話を呆然と聞いていた兵の一人が叫んだ。レリーナは俺に向けていた笑みをそのまま兵に向けた。

「あら、別にいいじゃない。命の方が大事だわ。それにあなた達の主人はラヴィエル・フィル・モルトでしょう？　関係ないと思うのだけど」

「ラヴィエル様はハーレス公爵閣下に味方したのだ。つまりは公爵閣下の部下である貴様も我らの同志。裏切りは見逃せん！」

「あら、そう。じゃあ、さようなら」

レリーナはそう言うと、片手を前に出した。

「〈風弾《ウィンドバレット》〉」

コンマ一秒にも満たない間に作り出された不可視の風の弾が、大量に発射される。たかが風属性の中級魔法だが、兵士達は速すぎる魔法に反応することができなかった。

生徒達が唖然とした表情でレリーナを見た。

「弱いわね」

その呟きに、俺は苦笑して言う。

「あなたが強すぎるだけだと思いますが？」

「そう？　あなたもこれくらいできるでしょ」

「黙秘します」

「ほぼ答えじゃない」

ふふふ、と笑うレリーナはさっきまでの殺気が嘘みたいで、正直戸惑ってしまった。

王子が恐る恐るといった風に聞いてくる。

「お、終わったのか……？」

「たぶんもう大丈夫です。少々お待ちください」

俺は王子にそう返すと、ルミエとマレフィに呼びかける。

『ルミエ、マレフィ、学園に敵は残っているかい？』

『大丈夫よ。ほとんどはあなたが鎮圧したし、残っていた数名も逃げていったわ』

『それより、そろそろ王城の方に行かんとまずいぞ。お主の父がいるとはいえ、かなりギリギリじゃの』

マレフィの報告は予想外のものだった。

なぜ、父上がいるというのに苦戦してるんだ？　まさか相当強い敵でも現れたのか？

考えても答えは出ない。ただわかっているのは、早く行かなければならないということだけだ。

俺はひとまず王子に告げる。

「この学園にはもう敵はいないみたいです」

「な、なぜわかる？」

「まあ、色々あるのですよ。とにかく怪我をしている生徒を手当てしましょう。〈捕縛《バインド》〉〈範囲回復《エリアヒール》〉」

俺は闇属性の初級魔法〈捕縛《バインド》〉と光属性の中級魔法〈範囲回復《エリアヒール》〉を唱える。手から光が溢れて教室を照らした。光が収まった時、怪我をしている者はもういなかった。敵兵達は捕縛の魔法によって縛り上げたため、怪我が治って意識を取り戻しても自由に動くことはできない。

「貴様ら……今に見てろよ。ラヴィエル様と閣下が勝った時、貴様らがどうなるか楽しみだ」

司令官の男が恨めしそうに言った。

「そんなことにはならないよ。王族の人質すらいないんだ。公爵の負けは確定さ」

「どうだろうな。まあ、今はせいぜいそう思っていればいいさ」

意味深なことを言って、男はそれっきり口を閉ざした。

ラヴィエルがすでに負けていることを知らないにしても、なぜここまで自信があるのだろうか。

色々聞きたいが、あとでレリーナに尋ねればいい。今は王城に急ぐべきだろう。

「殿下、僕は王城に行きます。ここは――」

「私も行く！」

王子の思わぬ言葉に、俺は耳を疑う。彼はこほん、と一つ咳払いして続けた。

「父上が危ないのだろう？　それなら私も行かなければ。それに、王家が消えれば国はめちゃくちゃになってしまう」

俺は首を横に振って言う。

「ですが、王城は危険です。殿下に何かあったら……」

「それでも私は行くよ。国を守ることが王族の務めだからね」

「お兄様の言う通りですわ！　アルラインくん、私も行きます！」

俺が教室を制圧する間放っておいてしまったシルティスクも、前のめりになって宣言する。

しかし、俺が何か言う前に王子が反応した。

「シルティスクもいたのか。しかしお前はここにいなさい」

「なぜです、お兄様！　私だって王族です！　民を守るために行動するのが正しいはずです！」

「そうは言っても、王家の血が途切れるのはまずい。もし何かあった時のために、お前は残りなさい」

「嫌です！」

「だが……」

あーもう！　ここで言い合っている時間はないのに！

「わかりましたから！　お二人共連れていきます！」

俺はそう言ってから、ルミエとマレフィに念話を飛ばす。

『ルミエ、マレフィ、もしもの時は君達が二人を守ってくれるかい？』

『もちろんよ』

『しょうがないの。ほんとはお主以外の人間を守る気などないのだが』

『ありがとう。頼んだよ』

息を吐いてから、王子とシルティスクに向き直る。

「お二人共連れていきます。ただし、勝手な行動は慎《つつし》んでくださいね」

「わかった。だが、シルティスクは……」

「お兄様、アルラインくんが私も連れていくと言っているのです。それならいいではありませんか」

王子はまだ渋い表情のままだ。

「だがな……」

「今は言い争っている暇はないのです。ちゃんと守りますからご心配なく」

俺はそう言って王子を宥めた。この王子は……シスコンも大概にしてくれ。国のためとか言っているけど、シルティスクを危険な目に遭わせたくないという気持ちがダダ漏れだ。

「君がそう言うなら……シルティスク、絶対危ないことはしないでくれよ？」

「わかっていますわ、お兄様」

やっと王子も諦めたようだ。俺は二人に向かって手を差し出す。それから義姉上の方を見た。

「義姉上、学園の皆を頼みます」

「わ、わかったわ。アルくんも気をつけて」

俺は義姉上に頷いて微笑むと、気持ちを引き締めた。

「殿下、シルティスク、レリーナ、僕の手に掴まってください」

俺の言葉に三人は疑問に思ったようだ。シルティスクが真っ先に聞いてくる。

「なぜですの？」

「このまま王城に転移するからだよ」

「「「転移!?」」」

誰もが驚いた表情を浮かべる。当たり前だ。使える者はいないと言われている魔法なのだから。

だが、説明している暇はない。

「今は早く僕の手を掴んで」

「わかったわ」

シルティスクが俺の手を握る。信頼してくれているということだろう。王子とレリーナも続いた。

「では……〈転移〉」

その瞬間、景色が変わった。

第十話　魔導書

アルラインが学園で敵を制圧している頃、王城は混乱に包まれていた。

「陛下!!　王城が囲まれました！」

宰相のポルトがノックすらせずに、国王スタンの執務室に駆け込んできて言った。

「どういうことだ⁉」

スタンが尋ねると、ポルトは早口で事情を説明する。

「ハーレス公爵の兵が、突如王城の周りに現れたのです！　今はその兵達と王城に残っていた騎士団、魔法師団が睨み合いになっています！」

「バカな！　反乱軍はウォルフェイム平原にいるはずだ。なぜここにいる⁉」

スタンは机をダンッと叩き立ち上がった。

(いったい何が起こったのだ⁉)

賢王と呼ばれるスタンも、予期せぬ事態に驚いていた。だが、今は感情に振り回されるわけにはいかない。スタンは一瞬で冷静になった。

「手短に詳しく説明してくれ」

スタンの言葉は矛盾していたが、ポルトはすぐにスタンの欲しい情報を話し始める。

「はっ。取り囲んでいる反乱軍の兵は約三万。敵陣営のほぼ全ての兵が来ていることがわかりました。王都の門から異常は報告されておりませんので、なんらかの魔法、または古代遺物《アーティファクト》によって直接王城に来たと考えられます」

「そのなんらかの方法が何かわかるか？」

「これは推測ですが、転移ができる古代遺物《アーティファクト》を使ったのではないかと思われます」

「三万の兵を転移できる代物《しろもの》があるのか⁉」

スタンは驚愕の表情を浮かべる。そんな古代遺物《アーティファクト》は聞いたことがない。だが、ポルトの目はいたって真剣だった。

「私も甚《はなは》だ疑問ですが、今の状況を見るとそう考えるしかないのです。転移魔法ははるか昔に失われた魔法。膨大な魔力が必要であるがゆえ使い手がいないのです。あとは古代遺物《アーティファクト》しかないかと」

「ううむ」

ポルトの言葉を聞いて、スタンは唸った。非現実的だが、信じるしかない状況だったからだ。

その時だった。

バタンッ！

何か大きなものが倒れたような音が城中に響いた。

「な、何事だ⁉」

「陛下、ここからお逃げください！　反乱軍が城門を突破しました！」

駆け込んできた護衛騎士の一人がそう叫んだ。スタンとポルトは唖然とする。

「なぜこんなすぐに突破されたのだ！」

スタンが怒鳴ると、報告した護衛騎士が答える。

「急に現れた反乱軍に騎士達が動揺している間に攻められたのです！　こちらは態勢を立て直せず……現在城中で敵味方入り乱れて戦っております！」

「まさかそんなことになるとは……」

思わず頭を抱えるポルト。そんな彼にスタンが声をかける。

「ポルト、打って出るぞ」

「へ、陛下⁉」

スタンのまさかの言葉にポルトはもちろん、護衛騎士からも驚きの声が上がる。

「な、何をおっしゃっているのですか⁉　陛下一人逃すくらいであれば、我ら護衛騎士だけでもなんとかできるはず。いや、してみせます！　ですから今すぐお逃げください！」

まくしたてるように言う護衛騎士に、スタンは笑みを向けた。

「そなたらの忠義、ありがたく受け取る。だが、私はこの国の王なのだよ。一人で逃げることは王としての矜持《きょうじ》に反する」

「ですが……」

なおも食い下がろうとする騎士に、ポルトが諦めたような表情で言う。

「護衛騎士よ、陛下になんと言おうとも意味はない。この方は昔から戦闘狂だったからな」

「なっ……」

護衛騎士は唖然とした。反対にスタンは嬉しそうに笑う。

「戦闘狂とはひどいな。まあ、ここしばらく命のやり取りをしていないからな。久しぶりに戦ってみたい。幸い、ランスロットがこの城にいるし、エルバルトもすぐに来よう。だが、やはり自分の国は自分で守らなければな」

「お供いたしますよ。私も久しぶりに陛下と背中を合わせてみたいので」

ポルトも呆れた表情の中に、少しばかり嬉しそうな色を見せる。

この二人は幼い頃からの友。成人するまでは冒険者として一緒に活動していたのだ。二人は王と臣下である前に、唯一無二の親友だった。

二人の会話を聞いていた先ほどの騎士は、頭《こうべ》を垂れて言う。

「かしこまりました。我ら護衛騎士も陛下と共に戦場に赴《おもむ》きたいと思います」

「おお。それは心強いな。では、そろそろ行こうかの」

「仰せのままに」

スタンは護衛騎士の言葉に鷹揚《おうよう》に頷くと、傍らに飾られていた豪奢《ごうしゃ》な剣を一瞥した。だが手に取ることはせずに、代わりに何やら鍵のかかった棚を開ける。取り出したのは、飾り気のない無骨な剣であった。鞘《さや》から抜き出し刃を確認する。スタンは、刃に映る自分の顔を見て口の端を上げた。

その剣を見てポルトの顔にも笑みが浮かぶ。

「まだそれを持っていたのですね」

「当たり前だろう。これはお前が贈ってくれた物なのだから。しっかり手入れしていつでも使えるようにしていたのだよ」

「嬉しいことを言ってくれますね……腕は鈍《なま》ってないよな、スタン？」

本来であれば不敬と言われかねない口調にも、スタンは好戦的な表情を浮かべるだけだ。

「当たり前だ！　お前こそ宰相の仕事ばかりで鈍ったんじゃなかろうな？」

「そんなわけないだろう。しっかり訓練し続けていたさ」

「なら、そろそろ行こうかの」

「ああ、俺達『銀狼《ぎんろう》』の再結成だ」

護衛騎士は銀狼という名にピクリと反応した。それは、もう何年も前に突如引退した高名な二人組のSランクパーティの名前だったからだ。

「ま、まさかあの有名な……」

護衛騎士の呟きにスタンは答えず、ポルトと共に部屋を出ていく。その後ろ姿を見て護衛騎士はハッと我に返った。

「まさか、かの有名な銀狼のお二人と共闘できるとは……」

その護衛騎士は他の護衛騎士を引き連れてあとを追った。

隠しきれぬ憧憬《どうけい》の眼差しを、前の二人に向けながら。

†

「ちっ、多すぎじゃないか？」

リルベルト王国最強の宮廷魔術騎士団団長——ランスロットは自分を囲んでいた敵兵達を魔法でなぎ倒しながら呟いた。

元々、会議のために急遽王城に呼び出されていたのだが、運悪く反乱軍の急襲に遭遇したのだ。

とはいえ、王国にとっては幸いだった。ランスロットの八面六臂《はちめんろっぴ》の活躍のおかげで、王城が陥落していないようなものだ。宮廷魔術騎士団の面々を率いて魔力を温存しながら時には剣で、時には魔法で応戦し、王国最強の名に相応しい立ち回りで応戦していた。

だが、さすがに徐々に押されてきており、ランスロットは焦りを感じ始めていた。

（落ち着け。冷静さを失うな）

ランスロットは自分に言い聞かせる。その時だった。

「団長っ！　後ろ！」

「っ⁉」

仲間の声を聞き、ランスロットは振り返る。その視線の先には、大きな炎が彼を呑み込まんと迫っていた。咄嗟に魔法障壁を張ろうとするが、間に合わない。

ランスロットは類い稀なる才能で人数差をものともせず応戦していたが、疲れと焦りで一瞬の隙が生まれてしまった。それが致命的だった。

（ここまでか……）

乾いた笑みしか浮かばない。自分の才能に絶対的な自信があったのに、こんな単純な魔法で死ぬなどが信じられなかった。

(結局、私は凡人だったんだな)

ランスロットは目を瞑り死を覚悟した。だが、いつまで経っても炎は襲ってこない。

「戦場で目を瞑るな！　死ぬ時も目を開けて最後まで抗《あらが》え！」

そこにいたのは、剣を構えて立つ腐れ縁の親友だった。

「エルバルト⁉」

「遅くなってすまない」

エルバルトはアルラインが捕らえた襲撃者から情報を聞いて、王城に駆けつけていた。

そこで親友に迫る炎を剣で切り裂いたのだ。

(剣で魔法を切るなんて……相変わらずデタラメな奴だ)

ランスロットは内心ため息をつきながらも、ニヤッと笑った。

「君に助けられるとはね。私も負けてられないな」

「はっ、それは一度くらい勝ってから言え。死にそうになっていた奴が言うことではないだろう」

「そうだな。まあ、私達二人なら負けることはないからね。背中を頼んだよ」

「ああ！」

剣を構えた二人は、背中合わせになる。多くの敵が二人を囲んでいたが、ランスロットに先ほどまであった焦りはない。エルバルトは戦闘狂らしく笑みを浮かべて言う。

「どっちが多く倒せるか勝負だ」

「昔を思い出すな。今度こそ勝たせてもらおう」

短く言葉を交わす。学生の頃からの友人である二人は、お互いのことを信頼していた。

「ぬかせ、今回も俺が勝つ！　さっさと終わらせるぞ！」

エルバルトの声と共に二人による反撃が始まった。気心の知れた仲の二人の連携は見事だ。剣が鮮やかにきらめき、魔法が敵に降り注ぐ。彼らの奮闘の甲斐あって、王国側が徐々に反乱軍を押し返していく。だが、敵が減ってくると二人はあることに気付いた。

「こいつら、痛覚はないのか⁉　なぜ気絶しない⁉」

エルバルトが剣で敵をなぎ倒しながら叫んだ。

ハーレス公爵の兵達は腕を切断しようと腹に風穴を空けようと、即死でなければ立ち上がって向かってくるのだ。ランスロットもそんな敵の様子を見て、険しい表情を浮かべる。

「しかも一言も喋らないぞ。不気味すぎる」

王城に響くのは物が焼ける音や武器がぶつかる音、味方がやられる時の悲鳴のみ。敵は一切言葉を発さず、ただ黙々と戦っていた。あまりに異様な光景に、エルバルトとランスロットをはじめ、魔術騎士団の面々もだんだん敵を倒したことを喜べなくなっていた。

それでも敵は着々と減っていく。不意にエルバルトが呟く。

「もしかして、操られているのか？」

その言葉にランスロットがハッとした顔になる。

「確かに可能性としては一番高いだろうね。そもそも、やられても叫び声一つ上げないなんてありえない」

「胸糞わりぃな」

エルバルトが吐き捨てるように言った。

「ああ。だが、私達もやられるわけにはいかない！」

ランスロットが氷の刃で敵の首を大量に刎《は》ねながら叫ぶ。敵に同情する余裕などなかった。

余裕がないのはエルバルトも同じである。だが、彼はランスロットほど割り切れなかった。

魔法で無理やり身体を操られているなら、限界が来て壊れるまで戦わされるのだろう。人間がそんな風に使い捨てにされている。その事実は、エルバルトの顔を悲しげに歪ませた。

「自分の意思でここにいるわけじゃないのに、すまない」

エルバルトが呟きながら最後の敵を倒した時、怒鳴り声が響いた。

「謝るくらいなら、さっさと元凶を叩くぞ！」

「「陛下⁉」」

エルバルトとランスロットのもとに走ってきたのは、国王スタンと宰相ポルト。敵の返り血を浴びたのか、二人共服が赤く染まっている。

「お二人まで戦っていたのですか⁉」

驚きの声を上げるエルバルト。ランスロットも目を見開いている。

スタンはニヤッと笑った。

「当たり前だろう？　ここで戦わずして国王を名乗れるものか。それに、そもそもお前らは俺らが銀狼ってパーティを組んでいたことを知ってるだろうに」

「ですが！」

「あーだこーだ言ってないで、さっさとハーレスを叩きに行くぞ！」

スタンは煩《わずら》わしそうにエルバルトの声を遮《さえぎ》って告げた。

普段の落ち着いた雰囲気のスタンと同一人物とは思えないほどの激しい口調に、エルバルトもランスロットも唖然とする。だが、ランスロットはすぐに落ち着きを取り戻した。

「そういえばまだ公爵の姿を見てませんが、陛下は奴がどこにいるのかご存じなのですか？」

最前線で戦っていた自分達が見ていないのに、スタンはまるで居場所を知っているような口ぶりだった。しかし、スタンは――

「まさか、お前達も知らないのか⁉」

「は、はい。知りませんが……」

ランスロットの返答を聞き、スタンとポルトは顔を見合わせて険しい表情になった。

「てっきりお二人が知っているのではないかと思ったのです。私達が戦っていた方に公爵は現れておりませんので」

「なぜ、本人がいないんだ……」

困惑するポルトと、訝しがるエルバルト。

その時だった。

突如異変を感じ、全員が咄嗟に飛び退いた。ズドーンと大きな音が響き渡る。城を揺らすほどの衝撃に、皆思わず目を瞑った。エルバルト達が戦っていた場所は、天井が吹き抜けになっている。上から何かが落ちてきたのだが、それが物ではなく人であることを誰もが察していた。

肌が焼けそうなほどの殺気に、スタン、ポルト、エルバルト、ランスロットの四人以外は後ずさる。四人はすでに臨戦態勢に入っていた。

「避けられてしまったか」

普通の人間であれば死んでもおかしくないくらいの勢いで床にぶつかったのに、落ちてきた当人はすくっと立ち、床に深く突き刺さった剣を軽々と抜く。

「さて、私をお呼びかな？」

それは、ハーレス公爵その人だった。

公爵の真っ赤な目が四人、特にスタンを見据える。楽しげに笑っているが、強烈な殺気に誰もが気圧《けお》されていた。

「本当に兄上……なのか？」

自分が知っているハーレス公爵——ストーム・フィル・ハーレス・ジュエルとあまりにも違いすぎて、スタンが思わず尋ねた。以前は頭脳明晰で冷静な男だった。彼がなぜこうも異様な雰囲気を出しているのか、スタンには全くわからなかった。

「私を忘れたわけではないだろう？　お前が私から王座を奪ったのだから」

「何を言っている？　自分から王座を譲ったではないか！」

「譲った？　ああ、そうだとも。母上が争いを望まなかったからな。だが最近、私こそが国王にふさわしいと気付いてしまったのだよ」

そう言って高笑いするストームを、誰もがぎょっとした表情で見つめる。

ストームとスタンは異母兄弟だ。スタンが正室の子で、ストームが側室の子だったため、ストームはスタンに王座を譲り、公爵の地位に落ち着いた。

それなのに、今さらどういうことなのかとスタンは混乱する。ポルトとエルバルトも、事情を知っているため困惑を隠せない。その中でランスロットだけは冷静だった。

「あなたの兵は全て倒しました。今頃出てきてどういうつもりですか？」

「あんな兵どもなんぞ、時間稼ぎでしかないからな。私に必要な時間を稼いでくれたあとは、用無しだよ」

「っ⁉　貴様！」

まさかの答えに、エルバルトが激昂する。ストームに斬りかかろうとするのをランスロットが押さえた。

「なぜ止める！」

怒鳴るエルバルトにランスロットは黙って首を横に振り、再度ストームに質問を投げかけた。

「なぜ、時間が必要だったのですか？　兵達が負けてしまえば、あなたは一人で戦わねばならないというのに」

ランスロットの言葉を聞き、エルバルトは一瞬で冷静になった。なんのための時間稼ぎなのか、それは知らなければいけないことだ。ストームはその問いに笑みを深くした。

「答える義理はないが、せっかくの機会だ。冥土《めいど》の土産《みやげ》に教えてやろう」

ストームが右手を上げる。その動作に四人が反応した。

「まあそう身構えるな。見たまえ」

ストームが何か唱えると、ランスロット達がいる場所を囲うように立つ四本の柱が光で結ばれ、黒い魔法陣が浮かび上がった。

「私が死ぬと同時に魔法陣が発動し、この城は崩壊する。つまり、君達が万が一私に勝っても皆生き埋めになるということだな。これを準備するための時間だったのだよ」

思いもよらぬ事実に誰もが愕然とした。だが、ここまで黙っていたポルトが口を開く。

「それならば、あなたを捕えるだけです！」

一瞬でストームとの距離を詰める。スタン、エルバルト、ランスロットも同時に動き出していた。

「せっかちだな」

ストームはそう呟いて、ポルトの剣を避ける。

そこにスタンが追撃した。しかし――

「この程度か」

「なっ⁉」

ストームはスタンの剣を素手で握ってへし折ると、鳩尾に蹴りを食らわせてスタンをふっ飛ばす。

そして、後ろから迫ってきていたランスロットの魔法――数十もの氷の弾を避けた時、エルバルトの剣を認識した。

「ちっ……」

「もらった！」

ストームは避けきれないと判断し、魔法で爆発を起こす。その爆風でエルバルトから距離を取った。

「くそ！」

エルバルトも後ろに下がるしかなかったため、一気に距離が開く。

四人でストームを囲んでいる状態だが、誰も踏み出せない。ストームの異常な強さに全員が恐れと疑問を抱いていた。

「しばらく遊ぼうかと思ったが、気が変わったよ。お前達は今すぐこの場で処分してやる！」

エルバルトによって傷を負わされそうになったことに激昂し、ストームが血走った目で叫んだ。

一気に魔力が膨れ上がる。

「な、何が……」

「よそ見していていいのか？」

エルバルトが呟いた時にはストームはすでに間合いを詰めていて、〈闇弾《ダークボール》〉を放ってきた。

「ぐあっ……！」

「エルバルト！」

両腕がちぎれ吹き飛ばされたエルバルトを見て、ランスロットが思わず叫んだ。しかし、その間をストームが許すはずがない。

「お前もだ」

「いつの間に……あぁぁぁぁ！」

ランスロットは人差し指と中指で脇腹を貫かれ、倒れ込んだ。だが、スタンとポルトに二人を気にしている余裕はなかった。

「貫け！」

スタンが〈雷槍《サンダースピア》〉を飛ばす。だがそれは、ストームがなんらかの魔法で発生させた闇に呑まれた。

「どういう……」

「戦闘中に惚《ほう》けるな」

スタンの目の前には、いつの間にかストームがいた。ストームはスタンの腕を掴むと後ろから剣で追撃しようとしたポルトに向かって投げる。

「へ、陛下！　くっ……」

ポルトはスタンを避けるわけにもいかず受け止めようとしたが、あまりの勢いにそのまま飛ばされて壁に激突した。

「こんなものか」

なんてことないかのように腕を回して、ストームは呟いた。

そして、とどめを刺そうとスタンとポルトに近づいたその時——

「何！」

ストームは突如後ろから迫る魔力を感じて、大きく横に飛んだ。

ズッドーン！　ガラガラガラ！

ストームの脇を通りすぎた巨大な〈雷槍《サンダースピア》〉が突き刺さり、階段が崩れ落ちる。咄嗟にポルトがストームをかばうが、パラパラと破片を浴びる程度で特に被害はなかった。

ストームが驚愕の表情を浮かべて振り返る。

「そこまでです、ハーレス公爵。いいえ、ハーレス公爵のふりをした偽物さん？」

王子、シルティスク、レリーナと共に立つアルラインの姿があった。

†

「そこまでです、ハーレス公爵。いいえ、ハーレス公爵のふりをした偽物さん？」

俺――アルラインの言葉に真っ先に反応したのは王子だった。というか、父上もランスロット先生も大怪我しているみたいだから、これ以上遅くなったら危なかったかもしれない。

「……どういうことだ？　私には伯父上にしか見えないのだが」

「先ほど、レリーナからハーレス公爵が魔導書を手に入れたと聞きました。魔導書に宿るのは魔導師の魂。普通、人の身ではその魔力に耐えられず、魔導書を手に持つことすら不可能だと言われています。ハーレス公爵の様子が普段と異なることとあわせて考えれば、公爵は魔導書に乗っ取られたと推測できる。姿形は同じでも中身は別人でしょう。あなたは、誰ですか？」

俺は改めて尋ねた。ここに来るまでの間にレリーナから、ハーレス公爵が魔導書を持っていること、そしてその魔導書を手にしてから人が変わったことを聞いた。

俺の言葉にハーレス公爵は黙り込んだ。俺がその様子に不信感を覚えたその時――

「あーはっはっはっ！　まさか、こんな小僧に見破られるとは思わなかったよ。クックック」

高笑いをするハーレス公爵。警戒を強める俺に、そいつはあろうことか、片手を胸に当てて華麗にお辞儀をした。

「そうさ、私はイビル・フレギュラー。神が遣わした悪を司る者。恐怖と憎悪の支配者さ」

大仰な自己紹介に俺は呆気に取られたが、すぐに我に返り尋ねる。

「ごめん、誰？」

「「「「はっ……？」」」」

俺を除く全員が、ありえないものを見る目で俺を見てきた。

「アルラインくん、本当に知らないの？」

信じられないといった表情で聞いてくるシルティスク。

「え？　知らないけど……」

『アル、さすがに常識なさすぎるわ。私達精霊でも知ってるわよ』

『まあ、お主の非常識は今に始まったことではないからの』

王城に来た時からそばを漂っていたルミエとマレフィにまで言われてしまった。

「あ、なんかごめん？」

さっきまで倒れていた国王陛下と宰相閣下も立ち上がり、呆れた表情を浮かべている。かなり居心地が悪い。その時、俺の言葉に黙ってしまっていたイビルが気を発した。魔力が含まれたその気に当てられて、今まで怯《ひる》みながらも意識を保っていた騎士達と王子、シルティスクが気絶する。

「殿下⁉　シルティスク⁉」

「まさか、私を知らない奴がいるとはな……そんなことがあっていいわけがない。そうだろう？」

イビルはうわ言のように呟くと、虚《うつ》ろな目で俺を見据えた。

「貴様には目にものを見せてやらないとなぁ。私を知らなかったこと、後悔するがいい」

急激に高まった魔力に一瞬で危険を察知する。来る‼

『ルミエ！　父上とランスロット先生の治療をお願い！』

『わかったわ』

父上とランスロット先生は、すでに相当な量の血を流している様子だ。

精霊は他の人には見えないので、もしルミエが俺以外の人間に干渉すれば困惑させてしまう。そのため、普段はルミエの力を頼らないようにしているのだが、二人を助けるにはこの方法しかない。

俺が父上達に気を取られた一瞬でイビルは距離を詰め、魔力がこもった蹴りを放ってくる。俺は、倒れ込んだシルティスクと王子に被害がいかないように、あえて受け止めた。

「〈突風《ブラスト》〉」

魔法で激しい風を発生させ、イビルを後退させる。

「この速さについてこられるのか……面白い。どこまでやれるのか試してやる」

イビルは感心した表情で呟いた。真っ赤な目がキラリと光る。

その瞬間、俺はわずかな異変を感じて頭を下げた。

ズドーン！

何かが頭の上を通りすぎて壁に激突する。しかし、それに注意を払っている余裕はなかった。

「戦闘中に敵から目を離すとは、愚《ぐ》の骨頂《こっちょう》だな」

「ぐはっ！」

鳩尾に激しい衝撃を感じ、後ろの壁に激突する。砂埃が立ち、イビルの姿を覆い隠す。

何が起こったかわからない。目を離したつもりはなかったのに、気が付けば奴の間合いにいたのだ。だが、すぐに思い当たる。

「転移、か？」

「ほぉ、今ので死なないとは。腹に穴を空けるつもりだったのだがな。それに、転移魔法を知っているのか」

俺はイビルの声を聞きながら立ち上がる。額に生温かいものを感じて手を当てると、手のひらが真っ赤に染まっていた。

『大丈夫かの？』

『しくじったね。まあ、これくらい平気さ』

心配してくれるマレフィに答えながら、回復魔法を発動して傷を癒す。

『妾も手伝いたいのじゃが、あやつも闇属性じゃからの。妾とは相性が悪すぎるのじゃ』

『わかってる。頑張って一人で片付けるさ。ルミエには治療を頼んでしまっているし。マレフィは他の人達を守ってくれる？』

『わかったのじゃ。アル』

マレフィが初めて俺の名を呼んだ。彼女がまっすぐに俺を見つめるので、俺も見つめ返した。

『くれぐれも死ぬなよ』

『ああ！　もちろんさ！』

力強く頷くと、俺はマレフィや他の人達に転移魔法をかけて王城の外に飛ばした。

「そろそろ本気を出すしかないな」

俺はそう呟くと、右目にかかっていた前髪をゆっくりとかき上げる。

魔眼であの邪悪な魔力を吸ったら、どうなるかわからない。最悪、死ぬ可能性もある。

だが、相手は転移魔法まで使える古代の魔導師。魔眼なくして勝てる相手とも思えなかった。

俺は前を見据える。砂埃が収まってきて、イビルの姿があらわになる。同時に魔眼を発動。さっきまでは感じるだけだった邪悪な魔力が見えるようになり、少しずつ吸収し始める。

「その瞳……さっきも思ったが貴様、普通の人間じゃないな」

「そうかもしれないね。でも、少なくともあなたより人間らしいと思うよ」

俺は皆のために勝つんだ！　この与えられた能力を活かさないで何が神子だ。人より優れた能力も、使いこなせなければ意味がない。イビルが不敵な笑みを浮かべて言う。

「では、第二ラウンドといこうか」

「ああ！　勝たせてもらうよ！」

「抜かせ！　自分の無知と無力さに苛まれながら死ぬがいい！」

俺は自分の中にある大量の魔力を解放した。魔力が爆散する。

「くっ、その人間離れした魔力はなんなんだ！」

イビルが叫んだ。始まった戦闘は熾烈《しれつ》を極めた。

黒い光と白い光が飛び交い、衝撃で周りのものが吹き飛んでいく。大量の魔法一つ一つが常人では考えられないほどの高威力であり、当たれば即死だろう。

他の人々を城外に飛ばしておいてよかった。

イビルの魔法の威力そのものは、着弾する前に魔眼で魔力を吸うことで抑えているのだが、それでも魔法の威力が高すぎるので、城のいたるところが崩れていく。

「あなたにだけは言われたくないですね。魔導書に自分の魂を込めるなんて正気の沙汰ではない。あなたに比べれば僕なんて普通すぎます」

「普通？　はっ。人の身には不相応な力を持っておきながらよく言う！　私はあくまで人生をかけて魔法を極めただけだ。貴様は、そもそも与えられている能力がおかしいだろうが！」

イビルは額に汗を浮かべながらそう叫び、大量の魔法を繰り出してくる。

魔法よりも剣の方が確実かもしれないな……イビルは想定していたよりもずっと強く、魔法が届かないのだ。俺はアイテムボックスから剣を取り出し、駆けた。

その時だった。

イビルが急に虚ろな目になって呟くように言う。

「私が、私がどれだけ苦労してこの境地に至ったと思っているのだ……貴様など消えるべきなのだ……」

その声には抑揚がなかった。

イビルの魔力は際限なく膨れ上がり、奴の周りを渦巻く。魔力そのものに遮られて俺はイビルに一歩も近づけなくなってしまった。本当にバカげた量の魔力だ。魔眼で吸収しようとするが、あまりの量に意味をなさない。同時に、俺は身体の限界を感じていた。イビルから吸収し続けている邪悪な魔力が身体を蝕《むしば》んでいるのだ。

だがその時、急にイビルがうずくまり、苦しみ出した。

「がっ……あがっ！」

「っ!?　何が起こってる!?」

イビル自身の漆黒《しっこく》の魔力が、まるで生きているかのように彼にまとわりつき、姿を覆い隠していく。気持ち悪い光景に肌があわ立った。

そして、次の瞬間――

「があぁぁぁぁ！！！！！」

イビルは絶叫した。漆黒の魔力が一気にイビルの中に吸い込まれていく。

やがてあたりは静寂に包まれた。イビルはスッと立ち上がると、無言で俺を見つめる。

「悪魔、か……？」

俺は思わず呟いた。イビルの姿は先ほどまでとは大きく異なっていた。赤い瞳はそのままだが、肌は黒くなり、頭からはツノが生えていた。

そして一番変化した部分。それは、両肩から生えている大きな漆黒の翼だった。おぞましい悪魔の姿そのままだ。イビルがニィッと笑う。

「そうか、私は悪魔になったのか！　ははは、これで私は最強だ！　まさか魔導書から出てきて早々に私の悲願が達成されるとはな！」

「悲願だと？」

俺は聞き返した。こいつは何を言っているんだ……？

「その通りだよ。悪魔とは人間を超越した恐怖の象徴。神に逆らう者であり、唯一神に対抗できる者だ。つまり、今の私は神と同等ということだよ」

イビルの言葉を聞いて絶句する。だが、バカバカしいと笑うことはできなかった。イビルは先ほどよりも明らかに濃い魔力を身に纏い、人ではない何かとなっている。それに、俺自身正直もうかなり身体が限界だ。邪悪な魔力によって蝕まれた身体が、内側から焼かれているように痛い。絶望しそうになったその時だった。

「そんな……!!　お父様は……」

背後から声が聞こえた。聞き覚えのあるその声に悪い予感を抱きながら振り返ると、視界に入ったのは——

「レリーナ……」

イビルを見て座り込むレリーナの姿だった。

第十一話　神子の力

「そんな……!!　お父様は……」

レリーナはあまりの光景にただただ目を見開くしかない。変わり果てた父親の姿に絶望の表情を浮かべた。

そう、レリーナはストームの一人娘だったのだ。


本名は、レリーナ・フィル・ハーレス。ハーレス公爵――ストームとストームの第一夫人の間にできた子供だ。ストームと第一夫人は政略結婚だったが、二人はお互いを愛し、レリーナに愛情を注いでいた。レリーナは愛されて育ったのだ。十歳までは。

幸せな日々が終わりを迎えたのは、レリーナが魔法学園に入学する直前だった。

「お母様……なんで、なんで……！」

「ごめんなさいね……レリーナ、幸せになるのよ。あの人を、お父様をよろしくね……」

「お母様ぁぁぁぁ！！！！」

レリーナの母が病で急死したのだ。

享年二十八。早すぎる死を誰もが深く悲しんだ。最も悲しんだのがストームだったことは言うまでもないだろう。しかも、ストームが辺境で起こった問題を解決するために家を離れていた時のことだった。妻の死を看取ることができなかったストームは塞ぎ込み、あれだけ愛していたレリーナすら避けるようになった。レリーナの見た目が第一夫人にあまりにも酷似していたためだ。レリーナを見るたびに亡き妻を思い出して苦しむストーム。そのうち彼は領地の屋敷に引きこもった。

レリーナは母親を失うと同時に父親から見向きもされなくなり、孤独になったのだ。

もともと優しい性格のレリーナにとって、父親という後ろ盾なしに謀略渦巻《うずま》く貴族の社交の場に出ることは難しかった。

結果、レリーナは学園を卒業後、王都の隅でひっそりと暮らすようになった。表舞台に姿を現さなくなり、だんだんと人々に忘れ去られていった。

そんな生活が五年ほど続いたある日、レリーナは久々に領地にいるストームを訪ねた。もう昔の心優しい父に戻っていると信じて。

だが……

「誰だ?」

ストームは、レリーナのことさえ覚えていないようだった。レリーナは愕然としたものの、ふとあることに気付く。

(魔力が、全然違う……?)

久々に見た父は冷たい雰囲気を醸し出し、魔力は濁っていた。レリーナはもう父が以前の父ではないことを直感的に感じ取った。

「あ、あの、ギルドで依頼を見て……」

なんでそんなことを言ったのか、レリーナは自分でもわからなかった。

ギルドでハーレス公爵が出していた依頼を目にしたのを思い出したからかもしれない。

ストームはレリーナを見て尋ねる。

「ほお、ギルドカードは？」

「こちらです」

「ふむ、その歳でCランクとはなかなかだな。依頼書を見たと思うが、守秘義務がある。それでもやるか？」

「は、はい」

一瞬詰まったが、レリーナは思い切って頷いた。父が実の娘を認識できないほど変わってしまった理由を知るきっかけにしたかったのだ。これが今回、レリーナがハーレス公爵の反乱に関わった経緯だった。

「それでは、よろしく頼む」

それからレリーナは、なんとか犯罪にならないギリギリのところで依頼をこなしながら情報を集めた。

そうして調査を進めていくうちに、ストームの母にあたる先王の第二夫人が亡くなってから、ストームが王座に執着するようになったこと。領地内でダンジョンが見つかって、そこに視察に行った日を境に人が変わったことがわかっていった。

ダンジョンで魔導書を手に入れていたらしいと判明した時、レリーナは頭を抱えた。

「私では手に負えないわ……」

ストームが魔導書に自らを封じた魔導師に身体を乗っ取られている可能性が高いとわかったのだ。

いくらレリーナに魔法の才能があっても、魔導書に魂を込められるほどの魔導師相手には戦えない。

どうやったら元の父に戻るのか。レリーナが悩んでいた時、マーク侯爵令嬢――リエルの誘拐を指示された。

「もしかしたら……」

レリーナは、たった一つの可能性にかけてみることにした。隻眼の神子――アルラインの噂は彼女も知っていた。だから、この誘拐の依頼をきっかけにアルラインに近づき、助けを求めることにしたのだ。

そして結果、アルラインの仲間になることができた。

アルラインに魔導書について知らせることができたのだから、レリーナの計画は半分成功だ。

しかし、王城で公爵との戦闘が始まって早々に、レリーナは城から出されてしまった。

（このままでは、魔導書と共に肉体が死んでお父様は元に戻れなくなってしまう……！）

乗っ取られた父がどこにいるのか、レリーナにはわからない。身体の中で眠っているのか、魔導書に封印されてしまったのか、それとも、すでに死んでいるのか。

わずかな可能性であろうと父が生きていると信じたかったレリーナは、アルラインがストームの身体を壊してしまわないように、元の場所に向かって走った。

（お願い……間に合って……！）

そして、レリーナが見たのが、変わり果てた父の姿だったのだ。

†

「レリーナ……」

目を見開いて座り込んでいるレリーナを見て、俺はあることに気付く。

どこか、ハーレス公爵に似ている……？　さっき彼女は、お父様と言った。そして今感じた、似ているという印象。もしかして、レリーナはハーレス公爵の娘……！

衝撃の事実に、俺は絶句する。

そんな俺の様子を気にもとめず、イビルは、いや、悪魔はキョトンとした表情でレリーナを見て、やがて笑い出す。

「くーはっはっはっは！　そうか、貴様はこの身体の持ち主の娘だったのか！　すまないなぁ、もう貴様が父親に会うことはないだろう」

「そんなっ！　お父様を、お父様を返して!!」

レリーナが叫んだ。先ほどまでの俺に対しての態度から一変し、レリーナはただ父親のことを思う娘の姿を見せていた。

俺はぎりっと歯を食いしばる。こんな姿を見せられたら、絶望なんてしてる場合じゃないよな。

一瞬目を閉じると、俺は静かに問いただす。

「おい、悪魔。ハーレス公爵はどこにいる？」

「そんなこと、教えると思うか？」

「ああ」

「ほお？」

俺の返答が意外だったのだろう。悪魔は面白そうに目を細める。

「どうせ俺じゃお前に勝てないからな。お前がハーレス公爵の居場所を俺に教えたところでなんの不利益もないだろう？」

もう口調を取り繕《つくろ》うつもりはなかった。俺がただの子供ではないことは気付かれているしな。

わざと煽《あお》るように口にしたその言葉は、俺が意図した効果を発揮した。

「なかなか言ってくれるではないか。確かに、貴様が死ぬのは確定事項だからな。冥土《めいど》の土産に教えてやろう」

悪魔は口角を上げて小馬鹿にしたように首を傾げた。そして懐から一冊の本を取り出すと、それを見せつけるように高く掲げる。

「この身体の持ち主の魂は、俺と入れ替わりでこの魔導書に封印された。つまり、この封印を解かない限り、身体の持ち主が元に戻ることはないし、たとえ封印を解いても私がこの身体にいる以上入る器《うつわ》がないのだから、いずれ消滅するだろう。つまり、貴様が父親と会える確率はゼロだ」

最後の言葉はレリーナに向けられたものだった。彼女は呆然としていた。

しかし、俺は違った。

まだ死んではいないわけだ。それなら、あいつを倒せばハーレス公爵を元に戻せる。

やったことはないが、俺がもらった多岐にわたる加護を以てすれば、封印を解ける自信があった。

俯いて拳をぐっと握る。

助けたい、そう強く願った時だった。脳裏に一つの魔法が浮かび上がる。まるで、この魔法を使え、というように。その魔法を俺は自然と理解した。

いける、これを使えば悪魔を倒せる……！

「ふんっ、絶望したか。それならば潔《いさぎよ》く死ね」

悪魔は瞬時に攻撃を仕掛けてきた。先ほどよりも明らかにスピードが速くなっていて、気が付けばすぐ目の前に魔力のこもった悪魔の拳があった。

だが――

「っ!?」

俺は、躊躇なくその拳を片手で掴んだ。それから俺は、魔眼で吸収した魔力を身体強化に回して、俺自身のスピードと筋力を極限まで上げる。

悪魔の黒い魔力によって俺の皮膚がただれていくが、俺は気にせずに悪魔を睨んだ。

「絶望？　勝手に決めつけるな。俺はお前に勝って、ハーレス公爵を元に戻す！」

「ぐはっ！」

悪魔の腹に蹴りを入れる。魔力を込めたことによって威力は倍増。蹴られた悪魔は軽々ふっ飛んで、これだけ俺達が暴れ回ってもまだギリギリ残っていた壁に激突した。

俺は間髪入れずに、先ほど浮かんだ魔法を発動するために詠唱を始める。

そう、今から行使する魔法は、俺ですら詠唱なしでは発動できない魔法なのだ。

願いよ——届け。

「我は神々の代行者。神々の声を聞き、届ける者」

「その詠唱はまさか！」

フラフラと立ち上がった悪魔は、俺が唱えた詠唱の文言を聞いて目を大きく見開き、驚愕の表情を浮かべた。額からはダラダラと赤黒い血が流れている。その様子を見ながら俺は詠唱を続ける。

絶対に逃がしはしない。

魔力を高めながら強く祈る。やがて俺の神聖な魔力に惹かれて、精霊が集まってきた。

『精霊神様の加護を受けた神子だー』

『わぁ、ほんとだー。なんか面白いことやってるよ』

『力を貸してあげよっか？』

色とりどりの精霊が俺の周りを飛び踊る。楽しそうな彼らに俺は笑顔を見せる。

『君達の力を貸してくれるかい？』

彼らは俺の言葉を聞き、さらに激しく踊り出す。

『もっちろん！　皆手伝うよ！』

『悪い奴をやっつけちゃおー！』

『正義が勝つんだー！』

集まったのは下級精霊や中級精霊ばかり。ルミエやマレフィには劣るが、それでも人間とは比べ物にならない力を持つ彼らがたくさん集まり力を貸してくれることで、俺の魔力はいっそう高まっていく。

そして、さらに俺は言葉を紡いでいく。

「我は願う。地上における罪に断罪を。全ての汚《けが》れに浄化という救いを」

「やめろぉぉぉぉ！！！！！」

悪魔はこの魔法を知っているのか、俺に魔法を発動させまいと驚異的なスピードで距離を詰めてくる。だが無駄だ。

「何っ⁉」

神聖な空気が俺を取り巻き、悪魔は一切俺に近づくことができない。やっと恐れの表情を見せた悪魔は、転移しようとした。しかし――

「なぜ魔法が発動しない⁉」

神聖な空気で満たされたこの空間では、全ての魔法が使えなくなっている。魔法を行使できるのは、俺ただ一人。すでに俺の独壇場だった。

「今、汝《なんじ》の行いは罪であると定められた。我は執行者。汝を断罪する」

「あぁぁぁぁ！！！！！」

巨大な魔法陣が展開される。真っ白な光を放つそれは、悪魔のそばでひと際強く輝いた。

この魔法は、この場で神々によって罪人と判断された者だけに発動する。

反対に俺がどんなに断罪したくとも、神々が罪と判断しなければ魔法は効かない。今回は断罪されないわけがなかった。

悪魔は言葉にならない絶叫を上げ、俺を憤怒《ふんぬ》の形相で睨みつけた。

俺はそれを無視し、高々と唱える。

「断罪の時。降り注げ！　全てを浄化する神の光《ジ・ド・グラギル》！」

巨大な魔法陣は、悪魔の姿を覆い隠すようにどんどん光を強める。そして、魔法陣に呼応するように天からも光が降り注いだ。

「おのれーーー！！！！　貴様だけは許さない……地獄の底に落ちようと、永遠《とわ》に呪い続けてやる！！！　覚えておけ……！」

悪魔の姿が光に包まれ完全に見えなくなる。

激しい光の嵐。あまりの眩しさに俺は目を瞑りながら、悪魔に終わりを告げる。

「お前が行く先は地獄ではない。完全なる消滅だ。終焉《ラクマ》」

「あぁぁぁぁぁ！！！！！！！」

激しい光の嵐が収まった時、悪魔が立っていた場所には、元の姿に戻ったハーレス公爵が倒れていた。

「よかった……」

俺はそのまま意識を失った。

第十二話　婚約

「ん……ここは……？」

俺は見慣れぬ部屋で目を覚ました。何かがお腹のあたりに当たっている。見ると、シルティスクが顔を伏せて眠っていた。

「な、なんでシルティスクがいるの⁉」

と、とりあえずこの状態はやばい！　王女が男と二人だけで密室にいていいわけがない！

慌てふためきながら、部屋の中に視線を彷徨わせる。

ここがかなり広い部屋で、豪華な調度品が置かれていることに気付いた。

「ここはどこなんだろう？」

「ん……ふわぁ～」

「げっ」

ちょうどその時、シルティスクがあくびをしながら身体を起こした。

さっさと部屋から出ておくんだった！

自分の迂闊《うかつ》さに内心で頭を抱えながらシルティスクを見ていると、目が合った。

「えーっと、シル……」

「やっと目を覚ましたのね！」

彼女は急に抱きついてきた。すごく軽くていい匂いがする……って何を考えてるんだ！　平常心平常心……

目を瞑って心の中で唱えていると、頬に何かが当たった。

目を開けると、シルティスクが右手を俺の頬に当て、心配そうな表情を浮かべていた。手の平からシルティスクの熱が伝わってきて顔が熱くなる。気付かれていないと信じたい。

「大丈夫かしら？　どこかが痛むの？」

「えっ、大丈夫だけど……」

「それならいいのだけど。アルラインくん、三日も眠り続けていたから」

「三日!?」

不意に出たシルティスクの言葉に驚く。

そういえば、俺は悪魔と戦ったんだった。その時、邪悪な魔力を吸いすぎたことと、最後に行使した魔法のせいで、身体が持たなかったのだろう。

あれは神子にのみ許された究極の魔法。いくら行使できる能力があったとはいえ、まだ成人前の幼い身体で使うのは無理があったみたいだ。

「そっか……心配かけてごめんね。もう大丈夫だから」

シルティスクに向かって微笑むと、彼女は目に涙をためながらまた抱きしめてきた。

「もうっ、本当に心配したんだからっ！　でも……」

涙を乱暴に拭ったシルティスクは、俺を見上げる。その目は王女らしい固い意志を持った目だった。

「あなたのおかげで、私達は生き延びることができました。王族としてお礼申し上げます」

「助けられたのならよかった」

俺達は笑い合った。だが、問題はまだ残っている。

俺がハーレス公爵について聞こうとしたその時、ギィッと音がして扉が開いた。

「ほぉ、仲睦《なかむつ》まじそうだな」

「へ、陛下!?」

「お父様!?」

現れたのは国王陛下と宰相閣下だった。

シルティスクが慌てて立ち上がり、カーテシーをする。俺も立ち上がろうとするが、陛下に止められる。

「お主はいい。まだ病み上がりだろう？　横になっていて構わんよ」

「……ありがとうございます」

お言葉に甘えて、そのままの姿勢で陛下を見上げた。

「さて、お主にはお礼を言わなければならないな。悪魔を倒して我々を、国を守ってくれたこと、心より感謝する」

陛下と宰相閣下、そしてシルティスクまでが俺に向かって頭を下げた。俺は慌てて言う。

「頭を上げてください！　私が役に立てたのなら、この国に住まう者としてこれほど嬉しいことはございません」

三人は顔を上げた。陛下が表情を柔らかくする。

「そう言ってくれると助かる。望むことがあればできる限り叶えようと思うが、何かあるか？」

俺は困ってしまった。望むものなど思いつかないので、首を横に振る。

「特にありません」

「そうか……」

俺の答えが予想通りだったのか、陛下と宰相閣下は顔を見合わせるとニヤッと笑った。

「それではお主には爵位を授けよう！　国の一大事を助けてもらったのだ。伯爵位が妥当だろうな」

「お、お待ちください！　なぜそうなるのですか!?」

陛下の唐突な言葉に、仰天する。伯爵は上級貴族に分類される。いくら功績があろうと、未成年に渡す爵位として適当ではないはずだ。

「お主を利用できるならこのくらい……」

「こほん。陛下、ここからは私が話します」

おい、今利用できるって言ったよな!?　宰相がわざわざ遮ったし！

とりあえず、陛下はかなりいい加減な人らしい。絶対に断ろう。

そんな風に考えていると、陛下から話を引き取った宰相閣下が口を開く。

「えー、今回のことで君は多くの人に能力を知られてしまいました。学園でモルト伯爵家の嫡男――ラヴィエルが引き連れてきた兵を一人で倒したこと、王子殿下の危機を救ったことがすでに報告されています。また、殿下方、そしてレリーナ嬢からも、あなたが転移魔法を使えると聞いています。加えて、王城で戦闘が始まった時、私達は一瞬で外に出されました。あなたは転移魔法を自分だけでなく、他の人にかけることもできる。これらを考慮すると、あなたはこの国にとってかなりの……危険人物であると考えられます」

「そんな！　アルラインく……様は私達を助けてくださったのに！」

シルティスクが宰相の言葉に食ってかかろうとしたが、俺はそれをあえて止める。

「シルティスク殿下」

自分が危険人物であることなど、とっくに自覚していた。普通の人は使えない魔法を使えて、魔眼を持ち、まだ知られていないが精霊と契約までしている。誰がどう見ても俺は危険人物だろう。

……そういうことか。俺に爵位を与える理由がわかった。

そんな俺の様子を見て、宰相閣下は感心した表情になる。

「もう理解されたようですね。君は危険すぎる。あなたの能力を恐れた他の貴族があなたを消そうとするかもしれないし、欲に目が眩《くら》んだ他の貴族に利用されるかもしれない。エルバルト卿がいるので成人するまでは大丈夫でしょうが、その後はわかりません。それならばいっそのこと今のうちに爵位を与え、一人立ちしていただく。そうすることで、あなたがこの国の味方であることを示したらどうでしょうというお話です」

「なるほど。ですが、それは国も同じでしょう。あなた方が欲に目が眩まないと、言い切れますか？」

宰相閣下が言っていることは正しい。だが、これだけは言わないといけない。

「僕の能力は決して戦うためにあるわけではない」

その場が静まり返る。最初に声を発したのは陛下だった。

「あーはっはっはっは！　お主、やっぱり面白いな」

「陛下!?」

「よい、ポルト。こやつが言っていることは正しい。なぁ、アルライン。本当にお主は……」

——何者なんだ？

その問いは部屋に響いた。

窓から入ってきた風が俺の前髪を揺らして、透明な瞳をあらわにした。

しかし、陛下達は驚かない。俺が意識を失っている間に見たのだろう。

「それにはお答えしかねます。が、強《し》いて言うのなら、神々が遣わした者でしょうかね？」

神子だから間違ってはいないだろう。

「ほぉ、それを信じろと？」

「信じなくても構いません。ですが、私はそれ以上お話しできません」

陛下の目が俺をまっすぐ射抜く。だが、俺は逸らさず見つめ返した。

しばらく経ってから、陛下はふぅっと息を吐いて言う。

「そうか。まあ、信じるしかあるまい。お主の最後の魔法、あれは神々《こうごう》しい光だった。国中から見えたそうだぞ」

「そうですか」

「まあいい。我が国はお主を軍事利用するつもりはない。そもそも私は戦争を起こす気はない。苦しむのは民だからな。むしろ、お主が原因で他国が攻めてくる可能性を考えれば、できる限り存在を隠したいとすら思っているのだよ。ここまで言ってまだ信じられぬか？」

俺は首を横に振って、満面の笑みで答える。

「いえ、そこまで言っていただければ大丈夫です。それに、もしそのようなことがあれば私は全力で抵抗させていただきますので」

陛下と宰相閣下は顔を引きつらせた。なぜなら、俺一人で国を滅ぼせるくらいの能力があるって、今回の件でわかったはずだからな。これで、俺が悪事に利用されることはないだろう。

「わ、わかってる。では、伯爵位はもらってくれるのだな」

「ありがたく頂戴いたします」

「うむ」

はあ、伯爵になってしまったよ……俺、まだ十歳なんだけどな。俺の人生、波乱万丈すぎないか？　ため息をつきそうになるのをぐっと堪える。

「それでなんだが……」

「まだ何かあるのですか!?」

陛下がまた何か言おうとするので、俺は驚いた。もういいよ！　爵位だけで褒美は十分だから！

そんな俺の意思は汲み取ってもらえなかった。

「お主、シルティスクを婚約者にする気はないか？」

「……はい？」

「お父様!?」

急な申し出に素っ頓狂な声を上げてしまった。シルティスクも顔を真っ赤にしている。だが、陛下は謎の圧力をかけてくる。

「お主が寝てる間、シルティスクがつきっきりで看病していてな。未婚の女性が男性の部屋に入り浸っていたなどと醜聞《しゅうぶん》になっても困る。お主がもらってくれないと、嫁《とつ》ぎ先がなくなってしまうかもしれない」

「そ、それは……」

シルティスクをちらりと見ると、頬に手を当てて何かを考え込んでいるようだ。

「わ、私が……アルラインくんと……いや、でも……」

うん、よくわからない。じゃあ、俺はシルティスクをどう思っているのか。

可愛いし、優しいし、魔法も上手……あれ？　拒否する理由がなくないか？

俺は陛下に頭を下げて答える。

「シルティスク様がいいのでしたら、私は婚約者にならせていただきます」

「と言っているが、シルティスクはどうだ？」

「わ、私も構いませんわ」

シルティスクは顔を真っ赤にして頷いた。陛下は満足げな表情を浮かべる。

「すでにエルバルトにも話は通っているからな。今回の事件の処理が終わり次第、婚約披露パーティーを行う。準備しておくように」

「わかりました」

まさか爵位のみならず婚約者までもらうとは……人生何があるかわからないものだ。

これで話は終わりかと思いきや、またもや陛下が別の話題を持ち出す。

「それで話は変わるのだが、お主、兄上……ハーレス公爵を元に戻すことはできないか？　レリーナ嬢から聞いて魔導師を集めて魔導書を調べさせているのだが、いかんせん魂を封印する魔法など聞いたことがないらしくてな。今のところ封印を解くにいたっていないのだよ」

その言葉を聞いて、はっとする。危うく忘れるところだった。俺が最後、あれほどの魔法を行使したのはレリーナとハーレス公爵を会わせるためだったのに、公爵が元に戻らないのでは意味がなくなってしまう。

「見てみないとわかりません。魔導書とハーレス公爵の身体があるところに連れていっていただけますか」

「うむ。よろしく頼む。シルティスクは部屋に戻って休みなさい。疲れただろう？」

「そうさせていただきますわ。アルライン様、また会いましょう」

「ええ」

シルティスクに見送られて、陛下と宰相閣下と共に公爵のもとに向かった。

「そういえば、ここはどこなのですか？」

俺は陛下に尋ねた。

「ああ、ここは王家が所有している隠れ家だ。城が常に安全とは限らないからな。もしもの時のために用意されているのだよ」

「そうなのですね」

そんな他愛《たあい》もない話をしながら目的地に向かう。

やがて陛下と宰相閣下が立ち止まった部屋の前には騎士が二名立っていて、厳重に警護されていた。

「ご苦労。入ってもいいかな？」

「へ、陛下！　ありがたきお言葉！　どうぞお入りください」

陛下に続いて中に入ると、一人の女性が立ち上がってお辞儀をしてきた。そばには魔導書が置かれ、ハーレス公爵は奥にあるベッドに横たわっている。

「陛下におかれましては……」

「良い。楽にして構わん。進捗状況はどうだ？」

女性は静かに首を横に振った。

「まだ何も。申し訳ございません」

「構わない。そのためにこやつを連れてきたからな」

陛下が俺を指し示すと、女性は首を傾げた。

「彼は？」

「アルライン・フィル・マーク。今回の反乱鎮圧の立役者だ」

「巷《ちまた》で隻眼の神子と噂の方でございますか？」

「その通りだ」

女性は俺をじっと見ると、陛下にしたのと同じように一礼した。

「アルライン、この者はカルーニャ・フィル・メルヴェ。王立魔法研究所の所長だ」

「カルーニャ・フィル・メルヴェと申します。よろしくお願いいたします」

「アルライン・フィル・マークです。こちらこそよろしくお願いいたします」

俺はカルーニャさんと挨拶を交わす。

「カルーニャ、少しここを借りても構わないか？　アルラインならばその封印を解けるかもしれなくてな」

「もちろんでございます、陛下。私も見て構いませんか」

「ああ、好きにしたまえ」

陛下が頷いたのを見て、俺は魔導書に触れた。すると、勝手に魔導書が開く。

「「おぉ!?」」

陛下と宰相閣下とカルーニャさんが声を漏らした。

皆が見守る中、魔導書から青白い光がふわふわと浮かび上がる。そして、ハーレス公爵の身体に引かれるように飛んでいき、やがて身体の中に吸い込まれた。

その瞬間——

「ん？　私は……」

ハーレス公爵が目を開けた。

「えーっと、成功したみたいです？」

「なんでお主が疑問形なんだ」

陛下がジト目で睨んでくるが、俺は魔導書に触っただけなのだ。俺に与えられている加護のうちのどれかが勝手に作用したとしか考えられない。しかしそう言うわけにもいかず、俺は曖昧に笑って流した。

ハーレス公爵が再び口を開く。

「ここは……」

「兄上」

「スタン、か？　ここは……王都の屋敷？　なんでこんなところにいるんだ？」

「覚えておられないのですか？　兄上は領地のダンジョンで魔導書を見つけ、身体を乗っ取られたのですよ！」

「ダンジョン……！」

ハーレス公爵は思い出したのか、両手で顔を覆った。

「身体を乗っ取られていた間、私はどうしていたんだ？」

「それは……」

陛下が説明し終わった時、公爵の顔は真っ青だった。

「すまない、スタン……私が不甲斐ないばかりに。レリーナにも苦労をかけた……」

「兄上……」

公爵は俺に向き直ると深々と頭を下げた。

「君にも迷惑をかけた。本当に申し訳ない」

「いえ、私は自分ができることをやっただけですので……」

俺はそう答えることしかできなかった。

少し話をすると、ハーレス公爵は別の部屋に連れていかれ、俺達もその部屋をあとにした。

「陛下、ハーレス公爵はどうなるのですか？」

俺の問いに陛下は難しい顔をした。

「さすがに魔導書や悪魔のことを国民に知らせるわけにはいかない。いらぬ混乱と恐怖を生むだけだ。それに、世間では公爵によって多くの兵が死んだと知られてしまっている。処刑するしか……」

たとえ今回の反乱を起こした黒幕がイビルであろうとも、それは知られていないし、知られてはならない。そうなると、ハーレス公爵を処刑しなければ民は納得しない。そういう話だ。

そもそも、身体を乗っ取られた時点でそれはハーレス公爵の責任になるのだという。

だが、それでいいのだろうか？　結局ハーレス公爵は被害者なのだ。自分の意思で王城に攻め込んだわけでも、多くの兵を操って死に至らしめたわけでもない。

彼を死なせるわけにはいかない。

「陛下。いい案があります」

俺は陛下に耳打ちした。

†

翌日――

壊れた王城の前でストーム・フィル・ハーレス・ジュエルは処刑された。享年四十八。

他にもモルト伯爵家は爵位を取り上げられ、ラヴィエルは国外追放された。王国を騒がせたハーレス公爵の反乱は、これで終わりを迎えたのだった。

「アルライン、いいえ、アルライン様。父のこと、本当にありがとうございました。そして、リエルさんをさらおうとして申し訳ありませんでした」

「もう行くの?」

俺は昨日に引き続き、王族のための隠れ家でレリーナと話していた。

彼女は国を出ることに決めたらしい。公爵家がこの国に与えた影響は計り知れない。王国にいても彼女は罵声《ばせい》を浴びせられるだけだろうから、正しい判断だと思っている。初めて会った時よりも印象が柔らかくなり、口調も丁寧になった彼女の姿を見て、俺は笑みを浮かべた。

「はい。早くこの国を出た方がいいと思いますので」

「そっか。元気でね」

「はい！」

俺はレリーナの後ろに立っている男性に目を向けた。

「ストームさん、今度はちゃんとレリーナを守ってあげてくださいね」

「ああ、守るよ」

そこには、髪を切り雰囲気がガラッと変わったハーレス公爵……いや、ストームさんがいた。

昨日、俺は陛下にあることを提案した。

『陛下、身代わりを作るのはどうでしょう？』

『どういうことだ』

『私は魔法でハーレス公爵そっくりの身体を作り出すことができます。それを魔法で動かして、本人の代わりに処刑すればいいかと』

〈創造《クリエイト》〉を使える俺だからこそできる方法だ。この方法は陛下に認められ、さっき処刑されたのはただの人形だった。ストームさんは容姿を変えてレリーナと共に行くと決めたそうだ。

「本当に色々すまなかった。そして、ありがとう」

「いえ。平民として暮らすのは大変かもしれません。でも、今度こそ娘さんと幸せになってくださいね」

「ああ！　これからの人生はレリーナのために生きるよ」

俺はストームさんと握手を交わす。

二人は静かに旅立っていった。

†

「アルライン・フィル・マークに伯爵位を授ける。未成年のため、領地は成人後に下賜《かし》することとする。期待しているぞ」

「はっ。ありがたき幸せ。ご期待に添えるよう誠心誠意努めさせていただきます」

俺は貴族が立ち並ぶ謁見の間で跪《ひざまず》いて言った。

あの事件から一ヶ月が経った。この一ヶ月、俺が何をしていたかというと——

家族会議、王城の修理、王立魔法研究所に拉致《らち》される、シルティスクとお茶をする。以上の四つで説明がつく。

まず、今回の件で家族会議が開かれた。リリー母上と義姉上には泣かれ、ライト兄上とバルト兄上には心配かけないようにと怒られ、マリア母上からは独立するならと厳しく貴族教育を受けさせられた。父上には俺のステータスについて根掘り葉掘り聞かれて、なんというか精神的に疲れてしまった。

その後、王城の修理を手伝うことに。俺は便利屋じゃないんだけどと思いつつ、壊れたのは半分俺のせいなので、色々な箇所を直して回った。

その際陛下から、城を支える四本の柱に魔法がかけられていてイビルが死ぬのと同時にこの城が壊れる予定だったのだと聞いて、戦慄《せんりつ》した。たぶんだが、大量の魔法が着弾し、かけられていた魔法が無効になったのだろう。運がよかった。

ヘトヘトになりながらもほぼ無尽蔵の魔力を使って三日で直してしまったため、陛下もさすがに唖然としていた。

王立魔法研究所については、所長カルーニャさんが俺のことを研究したいと言って、わざわざ屋敷まで訪ねてきた。

父上から王立魔法研究所の所長は大臣と同じくらいの地位だと聞いていたので、失礼な態度を取るわけにもいかず、半ば《なか》拉致される形で連れていかれたのだった。途中で身の危険を感じて逃げ出さなければ、今頃どんな目に遭っていたかわからない……

シルティスクとのお茶会はとても楽しかった。王宮での生活や冒険者としての話を聞かせてくれて、この一ヶ月で唯一の癒しだったといえよう。

そんな風にここ最近の出来事を振り返っていると、陛下がさっと立った。

「そして、我が娘、第一王女シルティスクとアルライン卿の婚約をここに発表する！」

国王の言葉は場をざわめかせた。

そもそも、シルティスクも王子――シルヴェスタ王子というらしい――も、王家の慣例に従って今まで社交の場に姿を現したことはなかった。だが、今回の事件で素性が割れてしまったため、二人は常より早く社交界デビューすることが決まった。

貴族の中には悔しそうな表情をしている者も見受けられる。第一王女が社交界デビューと同時に婚約を発表したのだ。王女の婚約者になれば王家と一気に親密になれるが、その機会さえ与えられなかったのだ。俺のことをすごい形相で睨んでいる人もいるな……

面倒くさいことにならなければいいのだが。内心不安に思いながら、国王の言葉を聞く。

「まず、第一王子シルヴェスタと第一王女シルティスクを紹介しよう。二人共こちらへ」

二人が現れると、騒がしかった場は静まり返った。

シルティスクはラベンダー色のドレスを着て美しく着飾り、銀髪が窓から差し込む日の光に照らされてキラキラと輝いている。シルヴェスタは、シルティスクと同じ銀髪を風になびかせ、金色のローブを羽織っていた。二人の美貌に貴族達は思わず声を漏らす。

シルティスクは優雅にスカートをつまみ、シルヴェスタは胸に手を当ててお辞儀すると、国王の両サイドに腰かけた。

「二人はこれから社交界に顔を出すことになる。皆、よろしく頼む」

「「「「はっ」」」」

国王の言葉を聞いた貴族達は揃って答えた。

「そして、アルライン卿」

国王がまっすぐ俺を見た。

「我が娘を頼んだぞ」

「はっ、幸せにすると約束いたします」

シルティスクも声をかけてくる。

「アルライン様、よろしくお願いしますね」

「王女殿下、こちらこそ、よろしくお願いいたします」

シルティスクと笑みを交わすと、拍手が沸き起こった。


「シル！」

「あ、アルくん。謁見お疲れ様」

「シルもお疲れ様。堂々としていて見惚《みと》れちゃった」

謁見終了後、俺はシルの部屋を訪ねた。この一ヶ月で俺達はお互いを愛称で呼ぶようになっていた。

「あ、ありがとう……」

「それでなんだけどね、今から少し時間はあるかい？」

「少しならあるけど、どうかしたの？」

「連れていきたい場所があるんだ」

俺の言葉にちょっと首を傾げながらも、シルは頷いた。

「じゃあ、掴まって」

そう言って片手を差し出す。シルは少し緊張した表情を浮かべながら、俺の手を取った。

「転移」

唱えた直後、俺達の目の前には湖があった。

「アルくん、ここは……？」

「ここは、僕の父上の領地にある森だよ。前に訓練のために来て見つけたんだ」

「そうなんだ。綺麗……」

湖は透き通り、周りには花が咲き乱れていた。気持ち良いそよ風が吹き、日の光が燦々《さんさん》と降り注いでいる。その景色の中で笑みを浮かべて立つシルはとても美しくて、思わず見惚れてしまった。

俺はシルの名前を呼ぶ。

「シルティスク」

「なあに？」

彼女の前に跪く。そして小さなケースを差し出した。シルがはっと息を呑んだ。

「一生幸せにします。僕と結婚していただけますか？」

ケースの中には、シルの瞳の色と同じアメジストがついたエンゲージリングが鎮座していた。俺は緊張しながらシルの様子を見守る。

彼女は、満面の笑みを浮かべて、大きく頷いた。

「はいっ！　喜んで！」

その笑みは今まで見た中で一番美しく、神々しかった。俺も自然と笑顔になる。

「あ、あの、はめてみてほしいな」

シルティスクはちょっと恥ずかしそうに左手を差し出してくる。

「もちろん！」

俺は彼女の左手の薬指に指輪をはめる。そして、その薬指にキスした。

「僕が魔法をかけておいたから、この指輪は君を守ってくれるはずだよ」

「ありがとう！　大事にするわ」

我慢できなくなり、頬を赤く染めて俺を見るシルを引き寄せる。

「ア、アルくん？」

「大好きだよ」

耳元で囁いた。

いつの間にこんなに好きになっていたのだろう？　一ヶ月前までは恋心なんて微塵もなかったはずなのに。たった一ヶ月で俺の心情は相当変化したらしい。自分の心の変わりように内心で苦笑する。しかし、その変化が自分でもとても心地よかった。

シルがおずおずと抱きしめ返してくれる。そのたどたどしさがまた愛らしい。

「私も。私もアルくんのことが大好きよ」

俺達は顔を見合わせて笑い合う。そして、どちらからともなくキスを交わしたのだった。

こうして、リルベルト王国を騒がせたハーレス公爵の反乱は、俺とシルティスクのカップル誕生という結末で締めくくられたのだった。

「悪魔すらも退ける少年、か。面白い」

本がぎっしりと詰まった本棚が並べられた書斎。

そこに一人の男がいた。その男の顔はなぜか、ラヴィエルの守り役の老人にそっくりだ。

口元に抑えきれない笑みを微かに浮かべたまま男が視線を向けた先には、金髪銀眼の少年――アルラインと悪魔が戦う様子が映し出されている。

アルラインの知らないところで、運命の歯車は回り出していた。

†

閑話　シルティスクのお茶の時間《ティータイム》

「まさかアルくんと婚約者になれるなんて思わなかったわ……」

婚約パーティーの次の日。私――シルティスクはメイドのフィーメルが淹れてくれた紅茶を飲みながら一人ごちた。

思い出すのは冒険者ギルドで出会った時のこと。

がらの悪い冒険者に絡まれて怖い思いをしていたところを、颯爽と現れて助けてくれた彼の姿を私は一生忘れないと思う。

「思い返せば私、必死だったわね」

私はその姿に一目惚れしてしまい、しばらくの間彼に会いにギルドに通った。

でも、依頼で王都を離れていた彼とはしばらく会えず焦燥感は募っていくばかり……

「あの時のシルティスク様、とっても物憂げでしたね」

「ちょっ、フィーメル！」

「あら、違いましたか？」

フィーメルのからかうような口調に私は顔が火照る。

「違わないけど……」

もう会えないかもしれない、そう思って絶望感に苛まれた。やっと彼に会えた時、思わず駆け寄ってしまったほど。あの時の私はそれだけ彼に会えてうれしかったのだ。

あれからそんなに経っていないのに、今は彼と婚約している。そのことにちょっと不思議な気持ちになった。

「シルティスク様の恋が叶って本当によかったです」

「ええ、しかも今は両思い。夢みたい」

アルくんと婚約が決まってから、私は彼と両思いになれるよう努力した。彼にとってこの婚約は国王――私のお父様が決めたものであり、私に対して恋心など持っていないと思っていたから。

お茶会に招待してまずは私のことを知ってもらう。そう思ったのだけど……

「アルライン様、ちっとも態度が変わりませんでしたよね」

フィーメルが苦笑いを浮かべて言った。

そう、丁寧で真摯な様子は相変わらず、私が刺繍をしたテーブルクロスは褒めてくれるし、お茶もお菓子も美味しいと言ってくれる。でも、私に対してそれ以上の好意を見せてくれないのだ。

「今だから言えますが、あの時はアルライン様は枯れているお方なのかと疑ってしまいました。こんなに綺麗で可愛らしいシルティスク様を好きにならないなんておかしいですからね」

「もう、フィーメルったら。そんなこと言っちゃだめよ。でも、私もあの時は両思いにはなれないのかと思って落ち込んでしまったわね」

私のことが好きではないのかもしれない。何度そう考えたことか。

「でもまさか、どうしたらいいかわからなかっただけだなんてね」

我慢できなくなった私は、思い切ってアルくんに私のことをどう思っているか聞いてみたのだ。

その時の彼の真っ赤になった顔は、今でも鮮明に思い出せる。

『好きだよ。好きにならないわけがない』

その返事に私は驚いて固まってしまった。でも、そこから堰《せき》を切ったように溢れ出した私への想いに、今度は私が恥ずかしくなってしまったのだ。

『刺繍が上手で。いつも笑顔で。お菓子を美味しそうに食べて。所作も綺麗で。褒めるとすぐ顔を真っ赤にして。風に銀色の髪が揺れて。ラベンダー色の瞳はキラキラと輝いていて。そんな君に僕は惹かれてしまったんだ』

『で、でも、そんな様子少しも……』

『どう表現したらいいかわからなくて。君に嫌がられるのも嫌でいつも通り振る舞っていたんだ。それで勘違いさせてしまったのならごめん』

まっすぐな瞳は、彼の言っていることが本当だと示していた。彼と両思いだったことに胸がいっぱいになった私は、思わず彼に抱きついてしまった。

「その時のシルティスク様は今までで一番の笑顔でしたね」

「とても嬉しかったんだもの」

「それでも婚約前に殿方に抱きつくのはおやめください。他の人に見られていたら、と私がドキドキしてしまいました」

「ごめんなさい。でももう婚約したから関係ないわね」

私の言葉にフィーメルが苦笑する。

「まだ結婚したわけではないのですから、ほどほどになさってくださいね」

「善処するわ」

彼とこれから過ごす日々、それはきっと一生の宝物になる。

私は瞳の色と同じアメジストがついた婚約指輪を眺めて、笑みを浮かべたのだった。

月が導く異世界道中
Tsukiga Michibiku Isekai Dochu
あずみ圭
Azumi Kei
1~17
8.5
シリーズ累計200万部突破の超人気作!(電子含む)
TVアニメ第2期制作決定!!
異世界へと召喚された平凡な高校生、深澄真。彼は女神に「顔が不細工」と罵られ、問答無用で最果ての荒野に飛ばされてしまう。人の温もりを求めて彷徨う真だが、仲間になった美女達は、元竜と元蜘蛛!? とことん不運、されどチートな真の異世界珍道中が始まった!
2期までに
原作シリーズもチェック!
●各定価:1320円(10%税込)
●illustration:マツモトミツアキ
1~17巻好評発売中!!
漫画:木野コトラ
●各定価:748円(10%税込) ●B6判
コミックス1~9巻好評発売中!!

一匹の魔物も使役出来ない、落ちこぼれの『魔物使い』ティーゴ。彼は幼馴染が結成した冒険者パーティで、雑用係として働いていた。ところが、ダンジョンの攻略中に事件が発生。一行の前に、強大な魔獣フェンリルが突然現れ、ティーゴは囮として見捨てられてしまったのだ。さすがに未来を諦めたその時——なんと、フェンリルの使役に成功!　SSSランクの聖獣でありながらなぜか人間臭いフェンリルに、ティーゴは『銀太』と命名。数々の聖獣との出会いが待つ、自由気ままな旅が始まった——!
元落ちこぼれテイマーの“もふもふ無双譚”開幕!

●定価：1320円（10%税込）　●ISBN:978-4-434-29726-7　●Illustration：たく

七池高校二年A組の生徒たちが、校舎ごと異世界に転移して三か月。役立たずと言われクラスから追放されてしまった水沢優樹は、偶然、今は亡き英雄アコロンが生み出した【創造魔法】を手に入れる。それは、超強力な呪文からハンバーガーまで、あらゆるものを具現化できる桁外れの力だった。ひもじい思いと危険なモンスターに悩まされながらも元の校舎にしがみつく「元」クラスメイト達をしり目に、優樹は異世界をたくましく生き抜いていく——

●定価：1320円（10%税込） ●ISBN:978-4-434-29623-9 ●Illustration：東上文

この作品に対する皆様のご意見・ご感想をお待ちしております。

おハガキ・お手紙は以下の宛先にお送りください。

【宛先】

〒150-6008 東京都渋谷区恵比寿 4-20-3 恵比寿ガーデンプレイスタワー 8F
（株）アルファポリス　書籍感想係

メールフォームでのご意見・ご感想は右のＱＲコードから、
あるいは以下のワードで検索をかけてください。

アルファポリス　書籍の感想　検索

ご感想はこちらから

本書は Web サイト「アルファポリス」（https://www.alphapolis.co.jp/）に投稿されたものを、改題・改稿、加筆のうえ、書籍化したものです。

貴族家三男《きぞくけさんなん》の成《な》り上《あ》がりライフ

生《う》まれてすぐに人外認定《じんがいにんてい》された少年《しょうねん》は異世界《いせかい》を満喫《まんきつ》する

美原風香（みはらふうか）

2021年 12月31日初版発行

編集ー今井太一・芦田尚
編集長ー太田鉄平
発行者ー梶本雄介
発行所ー株式会社アルファポリス
〒150-6008 東京都渋谷区恵比寿4-20-3 恵比寿ガーデンプレイスタワー8F
TEL 03-6277-1601（営業）　03-6277-1602（編集）
URL https://www.alphapolis.co.jp/
発売元ー株式会社星雲社（共同出版社・流通責任出版社）
〒112-0005東京都文京区水道1-3-30
TEL 03-3868-3275
装丁・本文イラストーはま
装丁デザインーAFTERGLOW
印刷ー中央精版印刷株式会社

価格はカバーに表示されてあります。

落丁乱丁の場合はアルファポリスまでご連絡ください。

送料は小社負担でお取り替えします。


ISBN978-4-434-29622-2 C0093